BASTEI
LÜBBE

Von James A. Michener
sind bei BASTEI-LÜBBE erschienen:

11 810	Alaska
11 960	Karibik
60 337	Havanna

James A. Michener

DER ADLER UND DER RABE

Aus dem Englischen von
Wolfgang Neuhaus

BASTEI LÜBBE

BASTEI-LÜBBE-TASCHENBUCH
Band 11 979

Titel der amerikanischen Originalausgabe:
The Eagle and The Raven

Übertragung des Sonetts »On His Blindness« von John Milton
nach der deutschen Fassung von Immanuel Schmidt (1896)
Übertragung des Sonetts von John Keats
durch Gisbert Kranz (1970)
Ungekürzte Taschenbuchausgabe
Printed in Germany, August 1993
Einbandgestaltung: Klaus Blumenberg, Bergisch Gladbach
Satz: Kremerdruck GmbH, Lindlar
Druck und Bindung: Ebner Ulm
ISBN 3-404-11979-7

Der Preis dieses Bandes versteht sich einschließlich
der gesetzlichen Mehrwertsteuer

DANKSAGUNG

Als ich die ursprüngliche Fassung dieses Buches schrieb, wurde ich von zwei hervorragenden Mitarbeiterinnen unterstützt: Debbie Brothers, in deren Verlag der vorliegende Band nun im Original erschien, und Liza Kaufman, heute Lektorin bei Viking Penguin.

Außerdem wurde mir von zwei ausgezeichneten Wissenschaftlern Hilfe zuteil: Dr. Jesús de la Teja, inzwischen Mitarbeiter beim Texas General Land Office, und Dr. Robert Wooster, der heute als Professor für Geschichte an der Corpus Christi State University lehrt. Die Arbeit dieser vier Fachleute wurde von meinem langjährigen Assistenten John Kings koordiniert.

Für ihre Hilfe bei der nun vorliegenden Fassung des Manuskripts gilt mein besonderer Dank Dr. Margaret Swett Henson, einer hervorragenden Kennerin der texanischen Geschichte und Professorin an der University of Houston. Sachkundige redaktionelle Arbeit wurde von Erik J. Mason aus Santa Fe geleistet, einem Fachmann für die Geschichte Lateinamerikas. Für die sorgfältige Durchsicht des Manuskripts bin ich Jill Mason, einer freiberuflichen Lektorin aus Austin, Texas, zu Dank verpflichtet.

PROLOG

EIN ALTER APFELBAUM

Ein Fachmann auf dem Gebiet der regionalen Geschichtsforschung erzählte mir, daß mehr Bücher über Texas geschrieben und veröffentlicht werden als über den Großteil aller anderen amerikanischen Bundesstaaten zusammen. Auch ich kann bestätigen, daß in Texas ein höherer Prozentsatz der Bevölkerung Bücher über ihren Staat sammelt, als es im Norden der Fall ist, beispielsweise in Massachussetts oder Pennsylvania; nur in Kalifornien, das ebenfalls recht produktiv ist, was Veröffentlichungen über die eigene Geschichte anbelangt, besteht ein vergleichbares Interesse. Texas aber ist ein Sammlerparadies, und das wissen auch die dort ansässigen Verlage; daher sorgen sie für einen ständigen Strom von Büchern über den ›Lone Star State‹.

Dieser Essay ist ein eigenwilliger Beitrag zu diesem kleinen Gerangel auf dem Büchermarkt. Vorweg muß ich zugeben, daß das Buch ein Hybride ist, ein Zwitter, der für verschiedene Menschen eine unterschiedliche Bedeutung hat. Für die Verlegerin, von der in Kürze noch die Rede sein wird, ist es nur ein weiteres Buch über Texas. Für den Sammler soll es eines der erregendsten Kapitel der texanischen Geschichte lebendig werden lassen, als ein rebellischer Überläufer aus Tennessee, Sam Houston, in den mexikanischen Bundesstaat

Tejas emigrierte und eine entscheidende Rolle bei der Revolution von 1836 spielte, die zur Abtrennung dieses Territoriums von Mexiko führte und Texas zu einem freien und unabhängigen Staat machte. Sam Houstons Gegenspieler war einer jener sympathischen Schurken, wie ihn die Geschichte des öfteren hervorgebracht hat, Antonio López de Santa Anna, elfmal Präsident Mexikos, viermal auf Lebenszeit aus seinem Heimatland verbannt, meist auf wackligem Posten, doch ein bewundernswertes politisches Stehaufmännchen. Obwohl sich diese beiden Männer nur einmal persönlich gegenübergestanden haben, ist ihre Auseinandersetzung aus jenem Stoff, aus dem pakkende Geschichte gemacht ist. Und weil dieses Buch den Kampf zwischen Houston und Santa Anna behandelt, mag es auch ein bescheidener Beitrag zur Biographie des Staates Texas sein.

Für mich, den Verfasser, ist es aber nicht vorrangig ein Buch über Texas; vielmehr das vorerst letzte Werk in einem plötzlichen Ausbruch außerordentlicher Arbeitswut. Ich muß fast achtzig Jahre zurückgehen, um eine Erklärung dafür liefern zu können, wie es zu dieser Energieexplosion gekommen ist. Damals war ich ein Junge vom Lande. Der Bauer, dessen Hof sich am Ende des Feldweges befand, an dem ich wohnte, besaß einen erschöpften alten Apfelbaum, der einst prächtige Früchte hervorgebracht, dann aber die Kraft und Fähigkeit verloren hatte, uns Äpfel zu bescheren. An einem Frühlingstag, an den ich mich noch erinnern kann, nahm der Bauer acht Nägel, lang und rostig, und trieb sie in den Stamm des unwilligen Baumes. Zweimal zwei Nägel schlug er, jeweils gegenüberliegend, dicht über dem Erdboden ein; die vier anderen ein Stück weiter oben, ebenfalls auf gleicher Höhe und in regelmäßigen Abständen.

Im darauffolgenden Herbst geschah das Wunder. Mit neu entfachtem Lebenswillen brachte der müde alte Baum eine Rekordernte roter, saftiger Äpfel hervor, größer und schöner, als wir sie je zuvor gesehen hatten. Als ich den Bauern fragte, wie dies hatte geschehen können, erklärte er mir: »Als ich ihm die rostigen Nägel reingeschlagen hab', hat er 'nen Schock gekriegt und sich daran erinnert, daß es sein Job ist, Äpfel wachsen zu lassen.«

»Mußten die Nägel rostig sein?«

»Schon möglich. Vielleicht konnte er das Eisen in den Nägeln so besser verdauen.«

»Mußten es unbedingt acht sein?«

»Wenn du 'ne Botschaft schickst, dann sorg dafür, daß sie verstanden wird.«

»Kannst du das gleiche nächstes Jahr noch mal tun?«

»'n kräftiger Schock reicht für zehn Jahre.«

»Und dann schlägst du wieder Nägel rein?«

»In zehn Jahren gibt's mich und den Baum wahrscheinlich gar nicht mehr«, sagte er; aber ich bekam nie die Gelegenheit, mich davon zu überzeugen, ob der Bauer mit seiner Prophezeiung recht behalten hatte oder nicht, denn zu diesem Zeitpunkt wohnte meine Familie schon nicht mehr an jenem Feldweg.

In den achtziger Jahren, als ich fast achtzig Lenze zählte, waren auch in meinen Stamm ein paar ziemlich große rostige Nägel geschlagen worden – eine fünffache Bypass-Operation, ein neues Hüftgelenk, eine radikale Renovierung der Zähne, ständige Schwindelanfälle –, und gleich einem alten, einsichtigen Apfelbaum faßte ich den Entschluß, wieder damit zu beginnen, Früchte hervorzubringen. Doch bevor ich meine dahingehenden Bemühungen aufnahm, bedurfte ich sowohl eines durchdachten Arbeitsplanes als auch eines Führers für die mühsamen Aufgaben, die ich mir gestellt hatte.

Wie es schon häufig in meinem Leben geschehen war, fand ich die geistige und seelische Leitlinie, die ich brauchte, nicht in der Bibel, in der ich regelmäßig zu lesen pflege, sondern in den großen englischen Gedichten, mit denen ich aufgewachsen bin und von denen ich viele im Gedächtnis behalten habe. Ich war besonders von den ersten Zeilen des wunderschönen Sonetts beeindruckt, das der junge John Keats niederschrieb, als er befürchtete – zu Recht, wie sich herausstellte –, schon frühzeitig sterben zu müssen; er wurde nur sechsundzwanzig Jahre alt. Doch treffender hätten in meiner damaligen Situation keine Worte sein können als die folgenden:

Wenn ich hab Angst, ich könnt' mein Leben
lassen,
Eh' meine Feder meines Hirnes Born
Erschöpft hat, ehe Bücherberge fassen
den Geist wie reiche Scheunen reifes Korn;
...

Diese Zeilen entsprachen genau meinen Empfindungen. Mehr noch die letzten zwei Zeilen als die ersten beiden, denn nicht der Gedanke an den Tod ängstigte mich, sondern die Sorge, nicht mehr all das zu Papier bringen zu können, was in den überquellenden Aktenschränken meiner Erinnerungen schlummerte: eine Fülle von verlockenden Themen, über die ich gern schreiben wollte, und ich bedauerte es, daß ich niemals Gelegenheit bekommen würde, all dieses ›reife Korn‹ mit der Schreibmaschine abzuernten. Immerhin war ich fast achtzig Jahre alt. Ich brauche in der Regel etwa drei Jahre für einen umfangreichen Roman. Wenn wir einmal davon ausgehen, daß noch ungefähr dreißig Ideen für große Romane in meinem Hirn herangereift sind, würde die Aufgabe, alles niederzuschreiben, weitere neunzig Jahre in Anspruch nehmen. Folglich wäre ich bei Fertigstellung der Arbeit hundertundsiebzig Jahre alt, und ich kann mich an kaum einen Schriftsteller erinnern, dem eine so lange Schaffenszeit vergönnt gewesen ist, nicht einmal den Propheten aus dem Alten Testament. Vieles, was ich gern noch geschrieben hätte, wird mit mir sterben.

Die letzten beiden Zeilen aus dem Abschnitt von Keats' Sonett berühren mich tief. Keats wollte nicht mit dem Schreiben aufhören, bis er sein selbst gesetztes Kontingent von Büchern verfaßt und all die prall mit Gedanken und Bildern gefüllten Scheunen seines Hirns darin entleert hatte. Wie dieser Dichter, eines meiner Vorbilder, hatte auch ich den beinahe verzweifelten Wunsch, noch ein paar ganz bestimmte Bücher zu verfassen.

Meine Absichten kannte ich also. Aber wie war es um meine Leistungskraft bestellt, diese Pläne zu verwirklichen? Glücklicherweise hatte ich mir im Jugendalter jene kraftvollen Zeilen eingeprägt, die John Milton gedichtet hatte, bevor er in mittleren Jahren erblindet war. Ich hatte sie mir im stillen tausendmal aufgesagt, und nun kamen sie mir plötzlich wieder in den Sinn und gaben mir jene Art von Kraft, die auch Milton gefunden hatte:

Bedenk' ich, eh' noch halb verzehrt mein Leben,
Erlosch mein Licht in dieser dunklen Welt,
Wie nutzlos ein Talent zuteil mir fällt,
Nicht zum Vergraben mir von Gott gegeben,
Gilt doch dem Dienst des Schöpfers all mein
 Streben,
Damit die Rechenschaft ihm einst gefällt;
...

Diese Entschlossenheit, aufrichtig Rechenschaft zu geben, hatte immer das Ziel meiner schriftstellerischen Arbeit bestimmt und war mir zu einer ständigen Richtschnur geworden. Nach der Tragödie an der Kent State University hatte ich mich bemüht, einen objektiven Bericht über die Studentenrevolte zu geben, in Südafrika ging es mir um die Darstellung der rassistischen Ungerechtigkeiten, in Israel um die Schilderung des tödlichen Zweikampfs der Religionen, in Ungarn um die Aufdeckung der ungeschminkten Wahrheit über die Hintergründe des Aufstandes und in Polen um einen Tatsachenbericht über den langen Kampf, den dieser Staat hat ausfechten müssen.

Was meine fruchtbare literarische Produktion in den letzten vier Jahren betrifft, so läßt sich folglich jede Erklärung dafür auf die Mahnung zurückführen, die ich John Keats verdanke, der mir als ein begnadeter Freund erscheint, welcher sich Gedanken über seine Zukunft macht, sowie auf die strenge Weisung Miltons, den ich als einen Mentor ansehe, welcher mich auffordert, Rechenschaft abzulegen über das eine Talent, das Gott mir gegeben hat. Vieles von dem, was ich noch sagen werde, mag sich unglaubwürdig oder sogar grotesk anhören, aber es ist die Wahrheit. Am ehesten kann es als eine zögerliche *Apologia pro Vita Mea* betrachtet werden, und ich hoffe, daß es auch so aufgenommen wird.

Zwischen 1986 und 1990 habe ich zehn Bücher geschrieben und sieben davon veröffentlicht, darunter zwei sehr umfangreiche; die drei übrigen sind in ihrer jeweils dritten überarbeiteten Fassung fertiggestellt, so daß auch sie der Veröffentlichung entgegensehen. Im nachhinein erscheint es als eine beinahe ungebührliche Zurschaustellung furioser Betriebsamkeit, aber ich habe meine Arbeit mit Bedacht und Sorgfalt getan, habe jeden Morgen an der Schreibmaschine verbracht und jeden Nachmittag mit faszinierenden Nachforschungen oder gedanklicher Aufarbeitung.

Im erwähnten Zeitraum zwischen '86 und '90 habe ich gleich mit der schwierigsten Prüfung den Anfang gemacht. Schon seit den frühesten Tagen meines schriftstellerischen Lebens hatte ich den Wunsch, den tropischen Schauplätzen, wie sie in meinem ersten Erzählungsband, *Südsee*, geschildert werden, die rauhen, kargen Landschaften des nördlichen Pazifik gegenüberzustellen, genauer gesagt, dessen arktische Regionen. In meinem fünften, sechsten und siebenten Lebensjahrzehnt hatte ich jedoch Bedenken, ob ich den klimatischen Bedingungen nördlich des Polarkreises standhalten würde, wo sich ja die wichtigsten Schauplätze meines Romans befunden hätten; nun aber, im Alter von fast achtzig Jahren, dachte ich bei mir: »Wenn du's überhaupt noch tun willst, dann ist es jetzt an der Zeit, den Versuch zu unternehmen.« Am kürzesten Tag des Jahres, dem 21. Dezember, flog ich nach Fort Yukon und verbrachte dort einige Tage bei Temperaturen um minus fünfzig Grad. Dann reiste ich weiter nach Eagle und Point Barrow, wo es sogar noch kälter war. Ich stellte fest, daß es mir gefiel, gab es doch Mittel und Wege, mich gegen den klirrenden Frost zu schützen.

Im Frühjahr 1987 war der Roman soweit abgeschlossen, daß ich ihn bei Random House, meinem langjährigen Verlag, einreichte, doch just zu diesem Zeitpunkt war meine Lektorin, auf die ich mich drei Jahrzehnte hatte verlassen können, leider aufgrund eigener gesundheitlicher Probleme nicht in der Lage, den Roman zu bearbeiten. Daher wurde die Veröffentlichung von *Alaska*, für die ursprünglich ein sehr viel früherer Zeitpunkt angesetzt war, mit meinem vollen Einverständnis verschoben, und der Roman erschien erst Ende 1988.

Als professioneller Schriftsteller brachte ich es nicht fertig, die unerwartete Freizeit mit Müßiggang auszufüllen. Manche andere können das vielleicht, ich nicht. Also reiste ich nach Miami und machte mich sofort daran, Recherchen für einen umfangreichen Roman über die Karibik anzustellen, jene Inselwelt, die ich aus früheren Zeiten noch recht gut kannte. Doch als ich in der gut bestückten Bücherei der University of Miami die Arbeit aufnahm, wurde ich von einer bedeutenden Zeitung gebeten, in Erwartung des zweihundertsten Jahrestages der Verkündung unserer Verfassung, der 1989 gefeiert werden sollte, einen Essay über dieses historische Ereignis zu schreiben. Der Gedanke war höchst reizvoll, zumal ich schon ziemlich umfangreiche Recherchen über jenen wundervollen Sommer des Jahres 1787 angestellt hatte, als die neununddreißig Delegierten in Philadelphia zusammengetroffen waren, um jenes Dokument zu entwerfen, das unsere Freiheiten garantierte und dem Wohle unseres Staates so trefflich gedient hat. Ich hatte diese Nachforschungen damals angestellt, weil eine bekannte Musikgruppe mich gebeten hatte, eine Kantate über die Verfassung zu schreiben; die Vertonung sollte ein bedeutender amerikanischer Komponist übernehmen. Die ganze Sache war dann zwar im Sande verlaufen, aber nun sah ich die Möglichkeit, mir die Ergebnisse der umfangreichen Arbeiten zunutze zu machen, die ich damals unternommen hatte.

Daher war ich nicht abgeneigt, als die Zeitungsleute mir den Vorschlag machten, diesen Essay zu schreiben, und ich unterbrach meine Recherchen für *Karibik*, um dieses patriotische Unterfangen in Angriff zu nehmen, auf das ich mich unwissentlich vorbereitet hatte.

Ich schrieb den Essay, feilte daran herum, gab ihm den letzten Schliff und schickte ihn an die Zeitung, doch nachdem die Redakteure ihn gelesen hatten, ließen sie mich wissen: »Ihre Gedanken sind derart fesselnd, daß wir den Eindruck haben, sie kämen noch besser zum Tragen, wenn Sie sie in einem Handlungsrahmen zum Ausdruck brächten. Könnten Sie den Essay zu einem Roman umschreiben?«

Der Vorschlag war nicht von der Hand zu weisen. Die Geschehnisse, in welche die Entstehungsgeschichte der Verfassung eingebunden war, erschienen mir ausgesprochen spannend, und so arbeitete ich mit großem Eifer daran, meinen Essay umzuschreiben, und erzählte die Geschichte der Verfassung, indem ich sie mit Episoden aus dem Leben einer Familie verknüpfte, für die unsere Verfassung von besonderer Bedeutung gewesen war. Nach Abschluß der Arbeit war ich mit dem Roman hochzufrieden und stolz, als ich das Ergebnis meiner Bemühungen an den Zeitungsverlag schickte. Die Geschichte erzählte von der Morgenröte der Vereinigten Staaten, jedenfalls in meinen Augen.

Als ich im Krankenhaus lag, um mir einen weiteren rostigen Nagel einschlagen zu lassen – sprich, mich einer größeren Operation zu unterziehen –, teilten die Redakteure mir mit: »Wir haben unsere Meinung geändert. Uns gefällt die Romanform nicht. Wir stellen uns das Ganze doch eher als Essay vor. Sollten Sie Interesse haben, den Roman wieder umzuschreiben, überdenken wir die Sache noch einmal.« Ich machte mir nicht die Mühe, darauf zu antworten. In meinem Krankenbett grollte ich vor mich hin: »Ich hab' den Essay zu einem Roman umgeschrieben, und ich werde ihn als Roman veröffentlichen«, und das tat ich dann auch. *Patrioten* kam bei den Lesern sehr gut an und wurde von verschiedenen ausländischen Verlagen ins Programm aufgenommen.

Ich fühlte mich durch diese Unterbrechung erholt und nahm mit frischer Kraft die Arbeit an meinem Roman über die Karibik wieder auf. Doch als meine Recherchen und die Rohfassung des Manuskripts sich dem Abschluß näherten und sich die Notwendigkeit ergab, bestimmte Schauplätze in der Karibik aufzusuchen, stellte ich fest, daß mir Verwicklungen auf internationaler politischer Ebene zuvorgekommen waren. Sie erwiesen sich als dermaßen hinderlich, daß ich mich fragte, ob ich den Roman jemals würde abschließen können. Ich mußte nach Kuba, um meine Nachforschungen zu Ende zu führen, konnte aber kein Visum bekommen. Als Castros Insel und die kommunistische Sowjetunion sich in die Arme schlossen, hatten die Vereinigten Staaten ein striktes Handels- und Reiseembargo über Kuba verhängt. Amerikanischen Staatsbürgern wurde der Besuch der Insel untersagt, aus Furcht, sie könnten ihre Dollars dort lassen, die Castro zur Belebung der kränkelnden Wirtschaft seines Landes brauchte. So wurde mir von unserer Regierung – wegen des Embargos – als Privatmann die Ausreise und – wegen der Gefahr, Negatives über Kuba zu schreiben – als Schriftsteller von Castro die Einreise verweigert. Meine Arbeit kam zum Stillstand.

Eines Abends, als ich niedergeschlagen durch die Straßen von Miami schlenderte, kam mir ein langes Kapitel aus meinem Roman *Alaska* ins Gedächtnis. Dieser Abschnitt hatte mir schon gefallen, als ich noch daran schrieb, und er erfreute sich meiner ungebrochenen Sympathie – die meine Lektoren unglücklicherweise nicht teilten. Ihre Beurteilung war indes richtig, weil besagtes langes Kapitel vorrangig den Goldrausch in Kanada und nicht den in Alaska behandelte. Als sie mir dazu rieten, das Kapitel herauszunehmen, sah ich ein, daß der Vorschlag gerechtfertigt war, und erklärte mich sofort einverstanden.

Doch ein kraftvolles Werk stirbt nicht so leicht, und solange die Gefühle seines Verfassers damit verwachsen sind, lebt es weiter. Je deutlicher ich mich an jenes Kapitel erinnerte, das sich mit Kanada beschäftigte, desto stärker wuchs es mir wieder ans Herz, und so rief ich eines Tages einen kanadischen Verleger an, den ich niemals kennengelernt hatte und über den ich nichts wußte: »Hätten Sie Interesse, einen sehr interessanten Abschnitt, den ich aus meinem *Alaska*-Manuskript herausnehmen mußte, als kurzen kanadischen Roman zu veröffentlichen?«

»Das müßte ich mir erst einmal anschauen.«

»Ich schicke es Ihnen zu.«

Auf diese Weise erschien der Roman *Klondike*, der als ein eigenständiges kleines Buch sehr viel besser war denn als Abschnitt eines größeren Romans. Er wurde im Herbst 1988 in Kanada veröffentlicht, und im Frühjahr 1989 in einer amerikanischen Ausgabe. Zu meiner Überraschung – und zu jedermanns anderer – wurde *Klondike* in das Programm eines Buchclubs aufgenommen und war in Kanada, den Vereinigten Staaten und Großbritannien ein schöner Erfolg. Danach erschien der Roman in ungefähr einem Dutzend anderer Länder. Vielleicht wird er später eines meiner bekanntesten Werke sein. Ein Buch, das tot gewesen war, hatte eine Wiedergeburt erlebt.

Und nun, da ich mich erneut meinem festgefahrenen karibischen Manuskript zuwenden konnte, kam mir ein Zufall zu Hilfe, der mir die Gelegenheit verschaffte, meine seit langem durchkreuzten Pläne doch noch zu verwirklichen und die Arbeit an diesem Roman weiterzuführen. Sowohl die amerikanische als auch die kubanische Regierung konnten sich endlich zu einer Entscheidung durchringen, die mir die Erfüllung eines langgehegten Wunschtraums ermöglichte: Ich erhielt die Genehmigung, nach Kuba zu reisen, um dort meine Recherchen für *Karibik* abzuschließen. Der Kampf um die Einreiseerlaubnis hatte mich drei ermüdende Jahre gekostet.

Endlich war der gordische Knoten durchschlagen. Ich durfte sechs aufregende Tage in jenen

Stadtteilen Havannas verbringen, über die ich schreiben wollte; dazu kam, als Zeichen der Ehrerbietung gegenüber dem großen Schriftsteller, ein Höflichkeitsbesuch von Hemingways *finca*, die von der kubanischen Regierung als Nationaldenkmal hervorragend instand gehalten wird. Mein Assistent John Kings, der mich auf dieser Reise begleitete, hatte seinen Fotoapparat mitgenommen und machte mehr als hundert kunstvolle, aufschlußreiche Fotos des modernen Havanna, einer würdevollen Stadt, die sehr unter der Vernachlässigung durch das kommunistische Regime und dem amerikanischen Embargo leiden mußte; letzteres hatte das ganze Land in große wirtschaftliche Schwierigkeiten gebracht.

Als Kings und ich in die Staaten zurückkehrten, sagten zahlreiche Leute, die meine Geschichten zu hören und Kings' Fotos zu sehen bekamen: »Darüber sollten Sie ein Buch schreiben.« Diese Bemerkung kam Jack Kyle, dem umtriebigen Direktor der University of Texas Press, zu Ohren, der mir kurz entschlossen anbot, ein solches Buch herauszubringen. Zu meiner Freude und meinem Erstaunen erwies sich das Resultat meiner Bemühungen als ein kleines, feines Werk.

Obwohl das eine gleichermaßen überraschende wie erfreuliche Tatsache war, hatten wir keine großen Hoffnungen, was das Echo beim Publikum betraf. Aber wir hatten nicht auf das große Interesse der Leser gezählt, einen Blick hinter die Grenzen des modernen Kuba zu werfen, die ihnen ja versperrt waren. Außerdem hatten wir nicht bedacht, daß viele Reisende sich noch an das alte Havanna in seinen ruhmreichen Zeiten erinnern konnten. Bald schon wurde ein Nachdruck erforderlich; ein

Buchclub nahm das Werk ins Programm auf; ausländische Verlage stürzten sich darauf. Dies alles verdeutlicht, welch positive Überraschungen man erleben kann, wenn ein Buch mit Leidenschaft und Engagement geschrieben und mit Sorgfalt und Liebe veröffentlicht wird. Es war ein Zufall, eine Art glückliche Fügung, die man einfach nicht vorhersehen konnte.

Als bei meinem wichtigsten Verlag ein personeller Wechsel im Lektorat vorgenommen wurde – auf Betreiben der Verlagsleitung, nicht auf meines –, hatte dies zur Folge, daß die Veröffentlichung des inzwischen abgeschlossenen Romans *Karibik* aufgeschoben werden mußte. Während der dadurch entstandenen zeitlichen Lücke, die mir wieder einmal unerwarteten Freiraum zum Schreiben verschaffte, trug ich Gedanken zusammen, die ich über Jahrzehnte hinweg als vorsichtige Ansätze für eine Autobiographie hatte heranreifen lassen. Unter selbsterzeugtem Druck schrieb ich vierzehn Kapitel. Es war eine ungewöhnliche, neue Art von Autobiographie: In den ersten sieben Kapiteln lieferte ich eine Beschreibung meiner selbst in einem Stil, als hätte ich nie ein Wort zu Papier gebracht; die anderen sieben Kapitel hingegen gestaltete ich so, als hätte ich nie etwas anderes getan, als zu schreiben. Auf diese Weise konnte ich das neutrale Bild eines professionellen Schriftstellers bei der Arbeit zeichnen.

Nachdem die vierzehn Kapitel umgeschrieben und überarbeitet waren, legte ich das Manuskript zur Seite und wandte mich einem kurzen Roman zu, den ich schon seit langer Zeit hatte schreiben wollen. Er setzte sich aus nur vier Kapiteln zusammen. In jedem dieser Kapitel stellte ich unterschiedliche Charaktere in den Mittelpunkt, die mit dem Schreiben, der Bearbeitung und der Beurteilung eines Romans zu tun haben: den Autor, den Lektor, den Kritiker, den Leser. Der Schauplatz der Geschichte ist meine alte Heimat, das von Deutschamerikanern besiedelte Gebiet in Pennsylvania. Nachdem ich den Roman dreimal überarbeitet und tiefgreifende Änderungen vorgenommen hatte, wurde auch dieses Manuskript ins Regal gestellt, um dort seiner zukünftigen Veröffentlichung zu harren.

Und dann trat ein höchst seltsames, unerwartetes Ereignis ein, was das eben erwähnte Buch betrifft, in dem ich romanhaft das Verfassen eines imaginären Romans behandelt hatte. Schon Jahre zuvor hatte ich den Handlungsrahmen des dritten Kapitels in groben Zügen entworfen. In diesem Kapitel geht es unter anderem um die personelle Umbesetzung des Managements eines Verlages. Der fiktive Schriftsteller und die fiktiven Lektoren und Geschäftsführer stehen schon seit langem auf vertrautem Fuße. Nun aber wird der fiktive amerikanische Verlag von einem fiktiven amerikanischen Firmenkonsortium aufgekauft, das es als prestigefördernd betrachtet, einen Verlag zu besitzen, für den bekannte Autoren schreiben und dessen Bücher in der literarischen Welt von sich reden machen. Aber wie es in der Buchindustrie häufig geschieht, müssen die Geschäftsführer des Konzerns sehr schnell die Erfahrung machen, daß das Verlagsgeschäft keine Ruck-Zuck-Industrie ist, die zwanzig oder dreißig Prozent Gewinn im Jahr abwirft – acht Prozent kommen den Tatsachen näher.

Verärgert über die schwache finanzielle Darbietung ihres Verlages, beschließen meine imaginären

Vorstandsmitglieder der Muttergesellschaft, ihre Tochter an jeden nur möglichen Interessenten zu verscherbeln. Nachdem der große Konzern nun in einer schändlichen Hausierermanier einen potentiellen Käufer nach dem anderen abgeklappert hat, schafft er es schließlich, den Verlag loszuwerden, indem er ihn an eine imaginäre deutsche Unternehmensgruppe verhökert.

Die getippten und datierten Notizen meiner Sekretärin beweisen, daß ich diesen Abschnitt des Romans lange vor dem 3. Mai 1989 geschrieben, die überarbeitete Fassung im September fertiggestellt, die letzten Korrekturen am Computer vorgenommen und den Verkauf meines imaginären Verlages an die imaginären Deutschen am 20. Oktober unter Dach und Fach gebracht hatte.

Drei Wochen, nachdem ich das Kapitel abgeschlossen und in Reinschrift ausgedruckt hatte, befand ich mich auf einem Kreuzer in der Karibik und feierte im stillen die Veröffentlichung meines Romans über dieses bezaubernde Inselreich, als der Zahlmeister des Kreuzers mir ein langes Fernschreiben brachte, das aus New York eingegangen war. Ich wurde davon in Kenntnis gesetzt, daß der langjährige Chef *meines* nicht-imaginären Verlages, Random House, vom Chef *seines* nicht-imaginären Konzerns gefeuert oder dazu gezwungen worden war, vorzeitig in den Ruhestand zu treten. Sein Platz sollte von einem ausländischen Herrn eingenommen werden, der das Verlagshandwerk bei einer nicht-imaginären deutschen Unternehmensgruppe erlernt hatte. Die Dichtung war somit von der Wirklichkeit nachgeahmt worden, wie es oft geschieht, und diesmal innerhalb von nur drei Wochen.

Aufgrund dieses Bruchs im Gefüge meines angestammten Verlages saß ich plötzlich mit zwei abgeschlossenen Manuskripten da. Außerdem schied zu diesem Zeitpunkt meine Lektorin, eine hochintelligente Frau, welche die Feinheiten der englischen Sprache meisterlich beherrschte und fünfunddreißig Jahre lang meine einflußreiche, wortgewaltige Ratgeberin gewesen war, aus dem Unternehmen aus. Damit war ich meiner sämtlichen Bezugspersonen in diesem Verlag beraubt. Die beiden Manuskripte verstaubten in ihren Ordnern; abgeschlossene Werke ohne ein Zuhause.

Während dies alles noch im Gange war, bahnte sich eines jener Ereignisse an, die das Schreiben insofern lohnenswert machen, als es diejenigen Gefühle eines Autors betrifft, die weit über sein eigentliches literarisches Schaffen hinausreichen. Die polnische Regierung hatte vor längerer Zeit meinen Roman *Mazurka* mit schroffen Worten verurteilt, da ich mich in diesem Werk negativ über den Kommunismus geäußert hatte. Überdies hatte man mich wissen lassen, daß ich in diesem Lande nicht mehr erwünscht sei; eine Mitteilung, die mich sehr betrübt gestimmt hatte. Jetzt aber, da *glasnost* in der Luft lag, machte die polnische Regierung ihre damalige Entscheidung rückgängig und gab mir zu verstehen, daß mir die Einreise genehmigt würde, sollte ich den Wunsch haben, mich mit alten Bekannten aus dem Warschauer Schriftstellerverband zu treffen – Frauen und Männer, die schwere Lasten hatten tragen müssen, schlimme Zeiten überlebt hatten und meinen tiefsten Respekt besaßen. Ich flog sofort nach Polen.

Als ich dort eintraf, erwartete mich eine Überraschung, denn ich wurde nach meiner Ankunft nicht in das Hotel gebracht, in dem ich mein Zimmer gebucht hatte, sondern zum Gästehaus der Regierung, das eigentlich offiziellen Delegationen vorbehalten war.

Als ich an einem naßkalten Novemberabend, der Erinnerungen an jenes Polen wachrief, das ich so gut gekannt hatte, in einen Wagen stieg, war ich in dem Glauben, zu jenem Gebäude gefahren zu werden, in dem die Schriftsteller sich zu treffen pflegten. Doch als wir dort ankamen, hielten wir nicht an; vielmehr fuhr der Wagen zum berühmten Warschauer Schloß weiter, wo ich eiligst nach unten in die Garderobe geführt wurde; dann ging es die Treppen hinauf und in den riesigen, goldenen und silbernen Ballsaal, der sonst nur für Treffen mit Staatsoberhäuptern diente.

Als ich den Saal betrat, stellte ich fest, daß ich von etwa fünfhundert polnischen Führungspersönlichkeiten aus verschiedenen Bereichen des kulturellen, wirtschaftlichen und politischen Lebens erwartet wurde, und dann trat der polnische Ministerpräsident auf mich zu und heftete mir den höchsten zivilen Orden ans Jackett, den Polen zu vergeben hat. Den versammelten Honoratioren gefiel zwar immer noch nicht, was ich über den Kommunismus gesagt hatte, aber es war ihnen deutlich geworden, daß ich mit Zuneigung und Redlichkeit über ihre Nation geschrieben hatte und daß mein Roman um die Welt gegangen war. Das wiederum hatte dafür gesorgt, daß man ihrem Land und seinem tapferen Volk nun viel freundlichere Aufmerksamkeit schenkte. Mit meiner Feder hatte ich mich zu einem Polen ehrenhalber gemacht, und ich wußte diese Auszeichnung mit ganzem Herzen zu würdigen.

Von Warschau flog ich nach Rom, um einem weiteren alten Freund meine Aufwartung zu machen, nämlich Johannes Paul II., den ich Jahre zuvor in Krakau kennengelernt hatte, als er noch Karol Kardinal Wojtyla gewesen war. Später hatten wir gemeinsam an einer Fernsehsendung über polnische Kultur gearbeitet. Als er dann zum Papst gewählt wurde, stellte sich heraus, daß es nur ein einziges TV-Porträt in englischer Sprache über ihn gab: ein Interview, das ich in Krakau mit ihm geführt hatte.

Wir unterhielten uns bei einem Abendessen über alte Erinnerungen und aktuelle Ereignisse. Es war ein nostalgisches Wiedersehen, dessen Eindruck auf mich noch vertieft wurde durch Besuche der Kirchen von Rom, die ich bei dieser Gelegenheit unternahm, sowie durch Treffen mit alten Bekannten aus der Kurie; nicht zuletzt durch die Wiederauffrischung meiner langjährigen Freundschaft mit den beiden amerikanischen Repräsentanten in Rom: Maxwell Raab, unserem bewährten Botschafter in Italien, und Frank Shakespeare, unserem erfahrenen Botschafter im Vatikan.

Die Begleitumstände dieser beiden Besuche in Warschau und Rom waren in der Tat bewegend, und die Fotos, die John Kings während unserer Pilgerfahrt aufgenommen hatte, riefen manche Erinnerungen wach. So nimmt es nicht wunder, daß nach unserer Rückkehr in die Staaten eine Gruppe von Freunden und Förderern der polnischen Sache, begeistert über die Verbesserung der Beziehungen zu Polen und den Anblick ihres Landsmannes auf dem Papstthron, mir den Vorschlag machte, die beiden Besuche in Warschau und Rom in einem kurzen Buch zu würdigen, das auf privater Ebene veröffentlicht und unter der polnischstämmigen Gemeinde in den USA vertrieben werden sollte.

Der Gedanke reizte mich, und so machte ich mich daran, einen Text zu entwerfen, in dem ich die Geschehnisse der Pilgerfahrt zusammenfaßte. Als er fertiggestellt war, gelangte man beim Verlag Rodale Press, der seinen Sitz in der Nähe meines Wohnortes hat, zu der Ansicht, das Manuskript und die begleitenden Fotos hätten es verdient, auf die hergebrachte Art und Weise veröffentlicht zu werden, und so begann die übliche Lektoratsarbeit. Die spontane Reaktion, die zur Veröffentlichung des Buches über Kuba geführt hatte, war ein zweites Mal eingetreten.

Einige Wochen nachdem ich die University of Miami verlassen hatte und an meinen angestammten Stützpunkt, die University of Texas, zurückgekehrt war, bekam ich ein sehr verlockendes Angebot. Ein großer Verlag hatte begonnen, eine Reihe von Kinderbüchern herauszugeben. Sie waren von Künstlern, die für ihre phantasievollen Illustrationen weithin bekannt sind, wunderschön bebildert. Die Bücher hatten berühmte Bühnenwerke zum Inhalt, wobei jede Geschichte von einem Interpreten erzählt wurde, der eng mit dem jeweiligen Bühnenstück zu tun gehabt hatte. So erzählte zum Beispiel die Primaballerina Margot Fonteyn die Geschichte des Balletts *Schwanensee*, das sie getanzt, und Leontyne Price die Geschichte der Oper *Aida*, die sie gesungen hatte. Weil diese beiden Damen die Heldinnen ihre Geschichten viele Male auf der Bühne dargestellt hatten, waren die Bücher bezaubernd, und die Illustrationen lebendig und kraftvoll.

Die Herausgeber waren auf den interessanten Gedanken gekommen, bei mir anzufragen, ob ich die verkürzte Geschichte von *South Pacific* erzählen wolle, dem Musical, das aus den Südsee-Erzählungen entstanden war. Ich packte diese Gelegenheit sofort beim Schopf, denn die Geschichte dieses Riesenerfolgs am Broadway war es wert, erzählt zu werden.

Die Aufgabe, ein Kinderbuch zu schreiben, erwies sich jedoch als weitaus schwieriger, als ich erwartet hatte, war der sprachliche Raum doch begrenzt, und zwar in zweierlei Hinsicht: einmal durch die geringe Seitenzahl, die zur Verfügung stand, und zum anderen durch die Notwendigkeit, ein Vokabular zu benutzen, das auf eine junge Leserschaft zugeschnitten war. Auf jeden Fall war es unterhaltsam, sich bei dieser Gelegenheit mal wieder die alten Schallplattenaufnahmen mit Mary Martin und Ezio Pinza anzuhören, wie sie von ihren bezaubernden Abenden singen.

Als ich jenen Teil des Buches abgeschlossen hatte, der an die Kinder gerichtet war, wurde ich gebeten, in kurzer Form die Entstehungsgeschichte des Musicals zu schildern. Das gab mir die Gelegenheit, jenen hochbegabten Menschen meinen Tribut zu zollen, ohne die das Musical gar nicht erst entstanden wäre: dem Dichter Oscar Hammerstein, dem Musiker Richard Rodgers, dem Bühnenautor Josh Logan, dem Finanzgenie Leland Hayward und der unvergleichlichen Musicaltruppe. Selten habe ich mehr Freude am Schreiben erlebt als während jener Weihnachtstage, als ich mich mit diesem vermeintlich einfachen Kinderbuch herumschlug.

Nach Ende dieser erfreulichen Episode arbeitete ich Tag für Tag lange Stunden, um einem Wirrwarr verschiedenster Verpflichtungen nachzukommen. Ich hatte neun Bücher in unterschiedlichen Stadien der Rohfassung fertiggestellt, als ein weiteres unerwartetes, beinahe absurdes Ereignis eintrat. Nachdem ich aus Florida nach Texas zurückgekehrt war, hatte ich irgendwann einmal mit Debbie Brothers zu Mittag gegessen, einer außergewöhnlichen jungen Frau, die mir sieben Jahre zuvor beim Verfassen und der Veröffentlichung meines Romans *Texas* eine große Hilfe gewesen war. Ich hatte sie als gutaussehendes, unkompliziertes Farmermädchen aus Nebraska in Erinnerung, mit zupackendem Humor und der ausgeprägten Fähigkeit zu harter Arbeit gesegnet. Ich hatte ihr viel zu verdanken und betrachtete sie mit Zuneigung.

Das Adjektiv *außergewöhnlich* traf wirklich auf sie zu: Als Debbie damals mit mir zusammengearbeitet hatte, konnte ich feststellen, daß sie all das mit größter Aufmerksamkeit verfolgte, was mit meinem Beruf zu tun hat. Sie liebte Bücher und konnte gar nicht genug darüber lernen. Manchmal hatte ich die Befürchtung, daß sie weitaus mehr Mühe auf meine Arbeit verwandte, als diese – oder Debbies Gehalt – es rechtfertigten. Zu meiner Freude konnte ich aber beobachten, daß sie alles in sich aufnahm, was ich ihr erzählte. Obwohl sie einen Collegeabschluß besaß, war es ihr angeborener gesunder Menschenverstand, der sie zu einer so außergewöhnlichen Persönlichkeit machte, und ich wollte ihr helfen zu lernen.

Ich hatte mit meinen Mitarbeiterinnen und Mitarbeitern schon immer großes Glück gehabt. In den Anfangsjahren bei Macmillan in New York stiegen die jungen Frauen, welche für mich arbeiteten – sechs Absolventinnen des Smith College nacheinander –, schnell in gehobene Positionen im Verlagswesen auf. In späteren Jahren hatten zwei meiner ehemaligen Assistentinnen beachtlich hohe Stellungen erlangt: Leslie Laird vom Vanderbilt College war die Karriereleiter Stück um Stück bis zur Lektorin hinaufgeklettert, und Liza Kaufman vom Wesleyan arbeitete gar für zwei verschiedene New Yorker Verlage als ausgewachsene Lektorin. Zwei männliche Assistenten waren nicht minder erfolgreich: Jesús de la Teja, der inzwischen als Redakteur und Journalist in Diensten der texanischen Regierung arbeitet, und Robert Wooster, der mit seinen wissenschaftlichen Abhandlungen beeindruckende Erfolge vorweisen konnte. Noch während er für mich arbeitete, hatte Robert sich den Auftrag an Land gezogen, ein größeres Buch über die militärischen Grenzposten im Texas des neunzehnten Jahrhunderts zu schreiben; seine Doktorarbeit über die Verhältnisse in der Armee im alten Westen wurde von der Yale University Press veröffentlicht, und verschiedene Verlage machten ihm Angebote, für sie zu schreiben. Er war auf dem Weg zu einer brillanten Karriere.

Debbie Brothers sorgte jedoch für die größte Überraschung. Eines Tages kam sie ein wenig zögernd mit einem Geschenk an meinen Schreibtisch und sagte mit leiser Stimme: »Ich habe Sie längere Zeit beobachtet, Mr. Michener, und ich habe mich entschlossen, Verlegerin zu werden«, und damit reichte sie mir ein hübsch aufgemachtes Buch, das eine fast in Vergessenheit geratene Episode aus der texanischen Geschichte behandelte. Während ich noch meiner Bewunderung Ausdruck verlieh, reichte sie mir ein weiteres Buch. Es waren die beiden ersten Veröffentlichungen eines Verlages, bei dem sie Teilhaberin war: State House Press.

Ich betrachtete die beiden Bücher und dachte dabei: Das gibt's doch gar nicht. Eine junge Frau ohne entsprechende Vorbildung für eine solche Aufgabe kann doch nicht einfach hingehen und sagen: ›Ich werde Verlegerin‹, und sich dann als solche bezeichnen und damit anfangen, Bücher zu verlegen. Aber da waren sie, gleich zwei Bücher, und sehr schöne obendrein.

Als ich Texas verließ, um meine schriftstellerische Arbeit in Alaska aufzunehmen, besaß Miss Debbie bereits ein ausgewachsenes Verlagsprogramm mit einer durchschnittlichen Auflagenhöhe von 3000 Exemplaren, die sie jeweils allesamt verkaufte; Bücher, die besonders gut liefen, kamen in die zweite Auflage. Während meiner Abwesenheit aus den Staaten verlor ich ihre verlegerische Tätigkeit aus den Augen, doch nach meiner Schätzung hatte sie ungefähr fünfzig Bücher herausgegeben, die sich mit der texanischen Geschichte beschäftigten.

Als ich Debbie bei unserem Mittagessen fragte, wie es mit ihrem Verlag denn so laufe, erstattete sie mir einen begeisterten Bericht. Dann zögerte sie und blickte mich eine Weile an, genau wie vor ein paar Jahren, wenn sie irgend etwas über das Verlagsgeschäft hatte wissen wollen, und schließlich sagte sie: »Mr. Michener, als ich damals die letzten Überarbeitungen Ihres Romans *Texas* getippt habe, da hatten Sie ein Kapitel herausgenommen. Ich glaube, es war Kapitel vicr.«

Ich konnte mich an dieses lange zurückliegende

Ereignis nicht mehr erinnern, zumal ich die ursprüngliche Fassung des betreffenden Kapitels schon Jahre zuvor geschrieben hatte, doch als sie mir nun den Namen des längst Totgeglaubten nannte, erwachte er schlagartig zum Leben: »Sie hatten das Kapitel ›Der Adler und der Rabe‹ überschrieben. Ein faszinierender Vergleich der beiden gegnerischen Generäle, Santa Anna und Sam Houston.«

»Ja, richtig! Ich hatte viel Zeit auf dieses Kapitel verwandt, aber alle waren der Meinung, daß es nicht in den Roman gehörte, und das aus triftigem Grund. Es paßte nicht in die Erzählstruktur von *Texas*. Das Kapitel hatte mehr den Charakter eines historischen Essays. Ich hatte es nur sehr ungern herausgenommen, aber ich mußte es tun.«

Ich legte die Gabel neben den Teller, lehnte mich zurück und rief mir jene Tage von damals in Erinnerung. Ich hatte in dem Kapitel den archetypischen Mexikaner und Texaner vergleichend gegenüberstellen wollen, zwei charismatische Männer, beide in vielen Belangen fehlerhaft und dennoch überragende Persönlichkeiten in ihren jeweiligen Staaten, Mexiko und Texas. Ich hatte sechs oder sieben Biographien und Abhandlungen über jeden der beiden gelesen, hatte ihre Spuren in Mexiko und Texas vor dem geistigen Auge verfolgt, hatte in Gedanken die Schlachten nachgeschlagen, die sie ausgefochten hatten.

Santa Anna war in sämtlichen anfänglichen Schlachten im Krieg gegen die Texikaner, wie sie sich damals selber nannten, Sieger geblieben. Von besonderer Bedeutung waren die Schlacht um den Alamo, wo Santa Anna die Texikaner bis auf den letzten Mann niedermetzeln ließ, sowie die

Schlacht von Goliad, wo er sogar noch abscheulicher vorging und Hunderte von Texikanern ermorden ließ, obwohl sie ehrenvoll kapituliert und sich in seinen Schutz begeben hatten.

Der dickköpfige alte Houston hatte an diesen beiden Schlachten nicht unmittelbar teilgenommen. Er hatte sich die historische Taktik des römischen Generals Quintus Fabius Maximus zueigen gemacht. Dieser hatte den karthagischen Feldherrn Hannibal geschlagen, indem er mit seinen Truppen vor dem Gegner davongelaufen war, bis Hannibals Männer von der Verfolgung erschöpft und das Gelände für die Römer günstiger waren. Erst dann brachte Fabius seine Truppen zum Stehen, schlug die Karthager und eroberte sich einen Platz in den Nachschlagewerken dieser Erde: *Fabianische Taktik: Vermeidung direkter Feindberührung, um auf diese Weise den Vorteil und den Sieg zu erlangen.* Bei der alles entscheidenden Schlacht von San Jacinto am 21. April 1836 stellte Sam Houston sich dem Feind, siegte, nahm Santa Anna gefangen und trug damit wesentlich zur Errichtung der Republik Texas bei.

In ihren späteren Lebensjahren fielen diese beiden militärischen und politischen Führer bei ihren Landsleuten in Ungnade, lebten nach ihrem Tod aber als Symbole ihrer jeweiligen Staaten weiter: Houston als in Ehren gehaltenes Wahrzeichen, an das man sich mit Stolz erinnert; Santa Anna, obwohl weder in Ehren gehalten noch eine stolze Erinnerung, so doch ebenfalls als Wahrzeichen einer der historisch bedeutendsten Epochen Mexikos. Ich hatte schon immer das Gefühl gehabt, daß diese Geschichte es wert war, erzählt zu werden, und ich hatte sie im Herzen bewahrt, nachdem ich sie erzählt hatte. Darum wurde ich hellhörig, als Debbie mich bat, ihr die Veröffentlichung der Geschichte zu gestatten, und ich willigte ein. Der Handel wurde abgeschlossen, und ich glaube, ich war glücklicher darüber als Debbie.

Ich habe mir die Mühe gemacht, dieses Buch zur Veröffentlichung zu bringen und auf ausgesprochen persönliche Weise über seine Entstehungsgeschichte zu schreiben, weil ich einen achtbaren Grund dafür besaß. Wie der alte Apfelbaum, in den die rostigen Nägel geschlagen worden waren, hatte ich einen Energieschub erlebt, wie ich ihn niemals erwartet hätte und der dazu führte, daß ich nicht nur ein Mehr an Büchern schrieb, sondern der insbesondere den Wunsch weckte, das Bild eines professionellen Autors bei der Arbeit zu zeichnen.

Alles, was ich während der fruchtbaren Schaffensperiode zu Beginn meines neunten Lebensjahrzehnts getan habe, hatte nur ein Ziel: einen aufrichtigen Rechenschaftsbericht meiner selbst als Schriftsteller zu liefern, der eine ganz eigene Art zu schreiben entwickelt und in seinen Büchern umgesetzt hat. Ich habe jenes ausgesprochen schwierige Buch über Alaska in einem sehr fortgeschrittenen Alter in Angriff genommen, als es bereits unwahrscheinlich erschien, daß ich den Unbilden des arktischen Winters würde standhalten können. Ich wandte mich darauf dem Roman über die Karibik zu, und die Nachforschungen für dieses Werk machten fast ein Dutzend ausgedehnte Reisen in abgelegene Gegenden dieses Inselreiches und an nur mühsam zugängliche Orte wie Cartagena und Portobello erforderlich. Ich habe mit Erfolg darum gekämpft, nach Kuba und noch einmal nach Polen einreisen zu dürfen.

Was noch wichtiger ist: In diesem Vorwort habe ich einmal mehr beschrieben, wie das Kapitel eines Buches, das einst zurückgewiesen wurde, weil es nicht in einen bestimmten Kontext gepaßt hat, in einem anderen Kontext wieder zum Leben erwachen kann. Ähnlich war es mit *Klondike*. In diesem Buch habe ich in einem langen Anhang die Geburt, den Tod und die Wiederauferstehung dieses Manuskripts geschildert und gezeigt, wie ein Schriftsteller sein Werk verteidigt; gleiches gilt auch, mit etwas anderen Vorzeichen, für das Buch über die Pilgerfahrt nach Polen und Rom. Als Ganzes gesehen, ermöglicht diese Mischung aus langen Romanen und kurzen Auszügen einen wenn auch nur flüchtigen Blick auf einen Schriftsteller beim Werk.

Seltsamerweise hatte ich bei diesem Ausbruch von Energie nie das Gefühl, gehetzt zu sein oder unter dem Zwang zu stehen, schreiben zu müssen. Das trifft auch jetzt noch zu. Im Laufe der vielen Jahrzehnte meiner schriftstellerischen Tätigkeit habe ich mir bestimmte Verhaltensregeln und Arbeitsweisen angeeignet, die es mir ermöglichen, umfangreiche Bücher zu verfassen. An diesen ehernen Regeln halte ich fest, das ist alles. Ich stehe jeden Morgen um halb acht auf, wasche mir das Gesicht mit kaltem Wasser, rasiere mich aber nicht, nehme ein schlichtes Frühstück ein – Kleie mit Bananenscheiben und Rosinen, dazu Magermilch und ohne Zucker – und setze mich dann sofort an den Schreibtisch, auf dem schon am vorherigen Abend die Arbeit für den bevorstehenden Tag bereitgelegt wurde.

Mit Freude und einem Gefühl des Wohlbehagens wende ich mich den anstehenden Aufgaben zu, welcher Art sie auch sein mögen, und bleibe bis halb eins an der Arbeit. Dann nehme ich ein leichtes Mittagessen zu mir und mache ein Nickerchen. Nachmittags schreibe ich niemals, sondern beschäftige mich mit Recherchen oder halte Gastseminare an der Universität. Jeden Tag vor Einbruch der Dunkelheit spaziere ich, ungeachtet des Wetters, eine Meile in ziemlich flottem Tempo. Dann Abendessen, die Abendnachrichten, ein Neun-Uhr-Spielfilm, sofern ein Fernsehsender einen guten Film zu bieten hat, gegen elf Uhr schließlich ein halbstündiges Aufräumen meines Schreibtisches, und ab ins Bett.

Ich nehme mir jeden Tag grundsätzlich die Zeit, mir auf meinem neuen CD-Player klassische Musik anzuhören. Dieses Gerät ist ein Wunder unserer Zeit. Ich kann Kassetten mit jeweils sechs dieser mirakulösen Silberscheiben einlegen, von denen jede eine einstündige perfekte Tonwiedergabe bietet. In einer dieser Kassetten habe ich die Klavierstücke von Chopin, Beethoven und Liszt vereint, in einer anderen sechs meiner immerwährenden Lieblingsstücke: Schuberts *Oktett*, Bartoks *Konzert für Orchester*, Brahms' *Erste*, Beethovens *Neunte* sowie *Le sacre du printemps* und *Pétrouchka* von Strawinsky. In einer dritten Kassette befinden sich sechs Discs mit wundervollen Aufnahmen großer Opernarien, einige von Caruso und ebenbürtigen Künstlern aus den zwanziger Jahren gesungen, andere von heutigen Stars.

Jede dieser Kassetten mit ihren sechs Discs hat die Eigenschaft, daß die darauf befindliche Auswahl von fünfzig oder sechzig Musikstücken in einer Reihenfolge gespielt werden kann, die ein Mikrocomputer nach dem Zufallsprinzip bestimmt;

auf diese Weise wird mir ein immer neues, abwechslungsreiches Konzert geboten. Beim Schreiben eines neuen Manuskripts höre ich prinzipiell keine Musik, oft aber bei Routinearbeiten wie der Überprüfung der Paginierung, zum Beispiel, oder der Durchsicht der Post, die sich angesammelt hat, oder beim Ordnen von Unterlagen, die ich im Zuge meiner Recherchen zusammengetragen habe. Die langen Spaziergänge, die vernünftige Diät und die Musik erhalten mich gesund und bewahren mir die Fähigkeit, meine Arbeit weiterzuführen.

Da ich an solchen Gewohnheiten festhalte, betrachte ich es schon von daher als angemessen, daß in diesem Buch zwei Männer behandelt werden, die wie auch ich gern verschiedenartige Probleme in Angriff genommen haben und dabei ebenfalls ihren ureigenen Verhaltensmaßregeln gefolgt sind. Im Falle des Generals/Präsidenten Santa Anna ist dieser Vergleich von besonderem Interesse, denn auch er wurde über achtzig Jahre alt und war bis zu seinem Tod so störrisch und impertinent, wie auch ich es zu sein versuche.

Bleibt eine bohrende Frage. Hatte der alte Baum nur deshalb wieder Früchte hervorgebracht, weil der Schock, als die rostigen Nägel in seinen Stamm getrieben wurden, ihn an den Tod gemahnt hat? Oder, der Analogieschluß: Habe ich wegen meines Alters und der Tatsache, daß bald die Zeit kommt, da ich nicht mehr arbeiten kann, eine solche Schaffenskraft entwickelt? Habe ich, wie Keats im Alter von sechsundzwanzig Jahren, den Tod gefürchtet, der aller Arbeit ein Ende macht?

Ich glaube nicht. Mit dreiundachtzig Jahren schreibe ich aus den gleichen Gründen, die mich mit dreiundvierzig zum Schreiben angetrieben haben: Ich bin mit dem leidenschaftlichen Verlangen auf die Welt gekommen, mich mitzuteilen, Erfahrungen Gestalt zu verleihen, Geschichten zu erzählen, in denen die Abenteuer mit Leben erfüllt werden, die meine Zuhörer gehabt haben könnten. Ich bin, solange ich schreibe, jener Mann aus der Vorzeit gewesen, der abends am Feuer gesessen und die Jäger mit phantasievollen Erzählungen über ihre Tapferkeit beim morgendlichen Aufspüren und Erlegen der Beute erfreut hat.

Ein Apfelbaum soll Äpfel hervorbringen. Ein Geschichtenerzähler soll Geschichten erzählen, und ich habe mich bemüht, dieser Verpflichtung nachzukommen.

DER ADLER
UND
DER RABE

Es war, als wären innerhalb eines einzigen Jahres zwei gewaltige Vögel in den Himmel aufgestiegen, der Adler im Süden, der Rabe im Norden. Es war, als würden beide immer weitere Kreise ziehen, dabei an Kraft gewinnen und ihre Machtbereiche ausdehnen und festigen. Zweiundvierzig stürmische Jahre lang flogen die Widersacher über ständig wachsende Territorien hinweg, bis eine Konfrontation unvermeidlich wurde. Sie trafen nur ein einziges Mal aufeinander: bei einer militärischen Auseinandersetzung im Frühjahr 1836. Es war eine Begegnung, die nur achtzehn Minuten dauerte und dennoch den Lauf der Weltgeschichte änderte.

Die vorliegende Darstellung jener vorausgegangenen zweiundvierzig Jahre spiegelt den ungestümen Flug des Raben und des Adlers durch die Geschichte der Vereinigten Staaten, Mexikos und Texas' wider.

Der Rabe, wie ihn seine engsten Freunde und viele seiner Feinde nannten, erblickte als erster der beiden Gegner das Licht der Welt. Er wurde am 2. März 1793 als Sohn einer schottisch-irischen Familie geboren, die sich im Rockbridge County im westlichen Virginia niedergelassen hatte. Sam

Houston war eines von neun Kindern, ein eigenwilliger, schwieriger Junge, der nur wenige Schuljahre zu absolvieren bereit war, sich aber eine tiefe Liebe zu anspruchsvollen Büchern aneignete. Schon bevor er das Alter von zehn Jahren erreicht hatte, ließ Sam erkennen, daß er zu einem großen Mann heranreifen sollte – und zu einem Dickkopf, der schon als Kind nicht davor zurückscheute, auf eigene Faust zu handeln und, zum Beispiel, die entlegenen Gebiete des Blue Ridge Valley zu erforschen, die sich jenseits von Lexington befanden, der Hauptstadt des Verwaltungsbezirks.

Im Jahre 1807, als Sam vierzehn war, starb sein Vater, der sich zu diesem Zeitpunkt mit dem Plan befaßt hatte, den Wohnsitz der Familie von Virginia in die einladenderen Landstriche Tennessees zu verlegen. Nach dem Begräbnis setzte Sams resolute Mutter ihre vielen Kinder auf zwei Planwagen und machte sich mit der Familie auf den Weg in die neue Heimat. Einen Großteil der Strecke fuhr Sam den einen Wagen, vor den fünf Pferde gespannt waren, lenkte ihn an Roanoke und Bristol vorbei und bis in die gebirgige Gegend des östlichen Tennessee.

Dort begann für die Houstons die lange, beschwerliche Fahrt über kaum befestigte Straßen nach Knoxville, der Hauptstadt des neuen Staates, doch sie hielten sich gar nicht erst in den Blockhäusern dieser Stadt auf, denn Witwe Houston zog das Leben auf dem Lande vor. Sie fuhr mit ihrer Familie weiter Richtung Süden, bis sie zur unbedeutenden Stadt Maryville gelangte, die nur aus zwei Reihen primitiver Holzhütten bestand, welche sich zu beiden Seiten einer zerfurchten Straße erstreckten.

Hier, am Rande einer Wildnis, die sich sehr schnell in ein fruchtbares landwirtschaftliches Gebiet verwandeln sollte, hätten die Houstons sich niederlassen und am wachsenden Wohlstand teilhaben können. Statt dessen setzten sie ihren Weg fort und zogen zehn Meilen weiter in ein wegloses Waldgebiet, wo sie sich an den Ufern zweier Flüsse auf etwa hundertsechzig Hektar vielversprechendem Grund und Boden niederließen. Es war eine schweißtreibende Angelegenheit, den Wald zu roden, um Ackerland und Platz für ihr neues Haus zu schaffen, und obwohl die Houstons sich Sklaven kauften, welche die körperlich schwersten Arbeiten erledigten, mußten auch die sechs Söhne unermüdlich schuften.

Schon in diesen jungen Jahren zeigte Sam drei Wesenszüge, die für sein ganzes Leben bestimmend sein sollten: Zum einen besaß er eine Abneigung gegen Arbeiten, die er als gewöhnlich betrachtete; zweitens fühlte er sich stark zum Militär hingezogen; und drittens zeigte er eine seltsame und ausgeprägte Hinwendung zu den Indianern, die zu jener Zeit von ihrem angestammten Grund und Boden vertrieben wurden.

Seine Abneigung, was das Arbeiten betraf, war in diesen jungen Jahren ein leicht aus der Welt zu schaffendes Problem; er übertrug seinen fünf Brüdern die anfallenden Aufgaben. Er selbst hingegen jagte, fischte und sammelte gründliche Erfahrungen als Waldläufer; zudem besaß er Freude am Schnitzen, ein Steckenpferd, das er sein Leben lang pflegte.

Seine Vorliebe für alles Militärische zeigte sich in der Geschicklichkeit, die er sich im Umgang mit Gewehr und Säbel erwarb, und schon im Alter von sechzehn Jahren war er ein mit allem notwendigen Wissen ausgestatteter, tüchtiger Grenzer und begierig auf Abenteuer. Von seinem Vater hatte er einige Gewohnheiten übernommen, die er niemals ablegte. Houston senior war im amerikanischen Freiheitskrieg mit Leib und Seele Milizsoldat gewesen, und Sam hatte diese Liebe zum Kampf geerbt. Sein Vater hatte zudem die Gewohnheit gehabt, immer dann weiter zu ziehen, wenn ihm das Leben an seinem bisherigen Wohnort zu kompliziert oder zu trist und langweilig geworden war. Auch Sam wurde ein solch kampflustiger, ruheloser Mensch.

In der Gesellschaft Tennessees war man in jenen Jahren geneigt, Verständnis dafür zu zeigen, wenn jemand einerseits ein Faulpelz war und andererseits den Wunsch nach Kampf und Bewährung hatte, besonders dann, wenn der heranwachsende Bursche die Größe eines jungen Ochsen hatte und noch dazu die entsprechende Körperkraft besaß. Doch Sams Vorliebe für das Leben bei den Indianern fand bei seinen Landsleuten weder Verständnis noch Nachsicht. So verließ Sam eines Tages zum Erstaunen aller sein Zuhause und durchquerte allein und zu Fuß die Wildnis, um bei den Cherokee eine neue Heimat zu finden. Dieser Indianerstamm gehörte zu den vornehmsten und edelsten unter den amerikanischen Ureinwohnern, war aber durch den wachsenden Druck des weißen Mannes gezwungen worden, sich in Gebiete westlich des Tennessee River zurückzuziehen.

Sam lebte ein Jahr bei den Cherokee, lernte ihre Sprache und ihre Lebensweise kennen und kehrte dann nach Maryville zurück, ohne jemandem davon zu berichten, wo er gewesen war oder was er getan hatte. Nach einem erneuten kurzen und ungeduldigen Versuch, in der Gesellschaft Tennessees Fuß zu fassen, wurde er im Alter von siebzehn Jahren angeklagt, den örtlichen Sheriff an der Ausübung seiner Pflichten gehindert zu haben, sowie wegen ungebührlichen Benehmens und öffentlicher Ruhestörung. Man verurteilte ihn am Blount County Court zu fünf Dollar Geldstrafe und warnte ihn vor weiteren Verstößen gegen die Ruhe und Ordnung im Staate. Zu dem Zeitpunkt, als er dieses gesetzwidrigen Verhaltens wegen verurteilt wurde, trug er Uniform und war Angehöriger der Miliz; aus den überlieferten Aussagen seiner Kameraden geht hervor, daß er Führungsqualitäten besessen hat und bereits als potentieller Offizier betrachtet wurde.

Vielleicht hätte er seine militärische Laufbahn an diesem Punkt beginnen können, doch nach seinem Zusammenstoß mit dem Gesetz war ihm die Zivilisation gründlich verleidet, und er kehrte statt dessen wieder zu seinen indianischen Freunden zurück. Diesmal verbrachte er fast zwei Jahre bei ihnen und vervollkommnete seine Kenntnisse über ihre Lebensweise, die ihm nicht nur behagte, sondern die er bewunderte. Von den Indianern erhielt er den Ehrennamen ›Co-lon-neh‹, der Rabe. Er führte damals ein Exemplar von Popes Übersetzung der homerischen *Ilias* mit sich, und in späteren Lebensjahren, als er sich ein gewisses Maß an Gesellschaftsfähigkeit angeeignet hatte, äußerte er des öfteren, daß er jene alten Zeiten an meisten schätze, als er in der Wildnis Homer gelesen und mit den jungen Indianerfrauen, die seine intimen Begleiterinnen geworden waren, die Berge durchstreift hatte.

Hier, in der wilden Landschaft des westlichen Tennessee, übernahm er von den Indianern die Liebe zur blumenreichen Sprache und die Naturverbundenheit; hier erwarb er sich sein ausgeprägtes Verständnis für Würde und Ehrgefühl; hier entwickelte er die Bereitschaft, für die Verteidigung seiner Rechte zu kämpfen. Außerdem häufte er im Laufe dieser Zeit Schulden von einhundert Dollar an, da er für seine indianischen Freunde, weibliche wie männliche, großzügige Geschenke kaufte.

Sam Houstons Leben stellt ein großes und großartiges Geheimnis dar, mehr noch: eine Kette von beinahe unergründlichen Geheimnissen, die nicht aufgedeckt oder gar enträtselt werden können, sofern man nicht berücksichtigt, daß er ein nüchterner, sachlicher Mensch mit schottisch-irischem Blut in den Adern gewesen ist, von homerischen Idealen durchdrungen; ein Mensch, der sich in drei wichtigen Lebensabschnitten dafür entschied, sein Schicksal untrennbar mit dem der Indianer zu verknüpfen. Aus diesem Grunde war er der Inbegriff des wahren Amerikaners, vereinte er doch mit einem gewaltigen Körper und einem regen Verstand Eigenschaften, die zwei der bedeutendsten Archetypen in der Geschichte unseres Landes aufwiesen: der harte, zähe Grenzer und der naturhafte, urwüchsige Indianer.

Wir wollen Sam Houston nun vorerst verlassen, im Jahre 1812, als Neunzehnjährigen: ein rastloser Wanderer zwischen den Volksstämmen, ein gescheiterter Schüler, ein unbotmäßiger Milizsoldat, ein junger Mann, der für ein Leben in der Zivilisation offenbar ungeeignet war. Seine Körpergröße betrug etwa einen Meter fünfundneunzig, nach anderen Quellen um die zwei Meter, und er wog knapp zweihundert Pfund; ein hünenhafter Bursche, ein guter Reiter, ein junger Mann, der aus großen Werken der Dichtkunst zitieren konnte und der, wie seine Mutter, an die Worte der Bibel glaubte. Seine Nachbarn betrachteten ihn dennoch als geringsten der Houston-Söhne; sie waren entrüstet, als er in indianischer Kluft in Maryville erschien: Mokassins, Hosen aus Hirschleder, das lange Haar mit einer Feder geschmückt und eine in kräftigem Rot und Blau gefärbte Decke straff um die breiten Schultern gezogen.

Hätte in jenen Jahren irgend jemand prophezeit, daß der junge Sam Houston, ein Squaw Man, der mit den Indianern in Arkansas Handel trieb, zuerst Kongreßabgeordneter in Washington werden sollte, dann Gouverneur von Tennessee, dann Präsident eines neuen Staates und schließlich Senator der Vereinigten Staaten mit der Chance, ins Weiße Haus einzuziehen – man hätte diesen Propheten mit Spott überschüttet.

Am 21. Februar 1794, elf Monate nach der Geburt Sam Houstons in Virginia, eilte ein angesehener Haus- und Grundstücksmakler namens López, der in der Hafenstadt Veracruz am Golf von Mexiko seine Geschäfte betrieb, nach Nordwesten, in eine Stadt in den Bergen, wo ihm ein Sohn geboren wurde. Die Stadt hieß Jalapa; sie erscheint in verschiedenen offiziellen Schriftstükken auch in der Schreibweise Xalapa.

Veracruz war der bedeutendste Seehafen Mexikos und die Quelle, aus der ein großer Teil des Reichtums dieses Landes floß, da sich in Veracruz die Zollbehörde befand. Im Laufe der zahlreichen Revolutionen, die über Mexiko hinwegrasten, verfügte unter den rivalisierenden Kräften stets diejenige, welche die Macht über den Hafen besaß, auch über die Staatskasse. Die Luft über der Stadt war von Dunst und Dampf verpestet und dermaßen ungesund, daß Veracruz eine der höchsten Sterblichkeitsraten der Erde aufwies; immer wiederkehrende Seuchen kosteten Sommer für Sommer Tausende von Menschen das Leben, und *el vómito*, das Gelbfieber, wütete das ganze Jahr über.

Doch die Stadt hatte auch ihren unbestreitbaren Charme: Die mächtigen weißen Mauern vermittelten das Gefühl von Geborgenheit und Schutz, der aber nur selten gebraucht wurde; die Plazas mit ihren barocken Kirchenfassaden waren reizvoll; und das Hafenviertel war eine beliebte Gegend für Spaziergänge, besonders, wenn der Wind vom Meer herüberwehte. In Veracruz wurden Lebensmittel angeboten, welche zu den besten gehörten, die das Umland hervorbrachte: wohlschmeckendes Rindfleisch von den Viehfarmen in der Nähe der Stadt, Früchte von unerreichter Fülle und Vielfalt und alle Arten von frischen Meerestieren. Veracruz war eine tropische Stadt, umgeben von ausgedehnten Dschungelgebieten, die sich fast bis an ihre Mauern erstreckten; eine Stadt, die zudem eine erregende Atmosphäre ausstrahlte, weil hier die Schiffe nach ihren Fahrten über den Atlantik anlegten und Neuigkeiten aus Spanien und Kuba mitbrachten.

Die Straßen von Veracruz waren schmal, gesäumt von tropischen Bäumen, und die Fenster der Häuser waren mit kunstvoll geschmiedeten eisernen Gittern geschützt. Die Mauern der Gebäude waren größtenteils weiß gestrichen und verliehen der Stadt ein reinliches Aussehen, das jedoch trügerisch war. Hier und da ließ ein kühner Hauseigentümer, für gewöhnlich ein Neureicher, die Mauern seines Heims in einem gedämpften Blau oder Rosa streichen und verlieh dem Ort damit einen Farbtupfer.

Einige Bauwerke beherrschten das Stadtbild: die Kathedrale, die großen Hallen der Zollbehörde entlang der Küste, das Zeughaus, in dem die Garnison untergebracht war, doch allen voran die triste Festung San Juan de Ulúa, die sich auf einer Insel in der Mitte der Bucht befand und deren mächtige Mauern bis tief unter die Meeresoberfläche reichten. Diese Festung beherbergte das abscheulichste Gefängnis der christlichen Welt, weit schrecklicher als die Bastille in Paris oder Newgate in London; ja, sie konnte mit den sogar noch scheußlicheren Verliesen in Konstantinopel oder den Kerkern von Samarkand wetteifern.

In San Juan de Ulúa verbrachten so viele mexikanische Führungspersönlichkeiten ihre prägenden Jahre, daß die häufigsten Wendungen in mexikanischen Biogaphien etwa wie folgt lauteten: »Nachdem er zwei Jahre in San Juan de Ulúa verbracht hatte, wurde er Präsident«, oder »General der Armee«, oder »Direktor des Schatzamtes«. Dieses Gefängnis war die Hochschule, an der die mexikanischen Führer ihre Abschlüsse machten.

Wäre das Klima in Veracruz gesünder gewesen, hätte diese Stadt eines der Schmuckstücke der Neuen Welt sein können, Rio de Janeiro ebenbürtig. Doch die gesundheitlichen Verhältnisse waren dermaßen schlecht, daß selbst der körperlich robusteste Mexikaner mit einer Lebenserwartung von höchstens dreißig Jahren rechnen konnte, sofern er darauf beharrte, in dieser Stadt wohnen zu bleiben. Sogar noch weit ärmere Geschäftsleute als López, der Immobilienmakler, mußten daher einen zweiten Wohnsitz im Hügelland außerhalb der Stadt erwerben, in dem sie sich während der Sommermonate erholen konnten. López' Zweitwohnsitz befand sich in Xalapa. Es gab nur wenige Kleinstädte in Mexiko, die reizvoller waren.

Xalapa lag ungefähr sechzig Meilen von Veracruz entfernt im Binnenland, am äußersten östlichen Rand des *altoplano*, und dank seiner Höhenlage war der Ort frei von den klimatischen

Problemen der Hafenstadt. Der Torweg, der auf den zentral gelegenen Innenhof des Lópezschen Hauses führte, verlief nach Süden, in Richtung auf den prächtigen, schneebedeckten Pico de Orizaba, fast 5700 Meter hoch, ein Vulkan von perfekter Kegelform, der sich über den Urwald erhob.

Xalapa besaß liebliche Parks, gewundene Gassen und kühle Brunnen. Bei Einbruch der Abenddämmerung versammelten sich die Bewohner der Stadt auf den Plätzen und tranken, sangen, redeten. Hier herrschte eine Atmosphäre, die wie eine Befreiung von der schrecklichen Hektik und Hitze in Veracruz wirkte. Xalapa war eine verschlafene kleine Stadt – und der Geburtsort von Antonio López de Santa-Anna Pérez de Lebrón. Dieser lange und klangvolle Name sollte gewiß verschleiern, daß er von spanischen Zigeunern abstammte, sofern diese vielfach erhobene Behauptung zutrifft.

In diesen bewegten Jahren setzte sich die mexikanische Bevölkerung aus einer faszinierenden Mischung vierer verschiedener ethnischer Gruppen zusammen. An der Spitze der Prestigeleiter stand – mit beträchtlichem Abstand – der *peninsular*, der gebürtige Spanier aus einer vornehmen spanischen Familie und von reinem spanischem Blut, ohne Mauren oder Juden in der Ahnenreihe. Der *peninsular* hielt sich nur für begrenzte Zeit in Mexiko auf und nahm dabei eine gehobene Stellung in der Kirche, der Armee oder der Regierung ein. Da die *peninsulares* die Gewohnheit hatten, Sporen zu tragen, die Ähnlichkeit mit denjenigen aufwiesen, die man an den Füßen der Kampfhähne befestigte, wurden sie mit dem Spitznamen *gachupíns* belegt. Sie hatten die wahre Macht in Mexiko; sie stahlen so viele öffentliche Gelder, wie sie nur konnten, und eilten dann nach Spanien zurück, um den Reichtum ihrer Familien zu mehren.

Eine Stufe niedriger in der Hierarchie standen die *criollos* oder Kreolen. Auch sie besaßen reines spanisches Blut, hatten aber bedauernswerterweise in Mexiko das Licht der Welt erblickt. Mochte ein *criollo* ein noch so kluger und gebildeter Mensch sein und hervorragende Beiträge zum Allgemeinwohl leisten – er konnte niemals eine gesellschaftliche Spitzenposition erreichen; er war eben kein *peninsular*. Santa Anna und seine Familie gehörten zu den *criollos*.

Auf der nächst niedrigen Stufe standen die *mestizos*, die Halbblütigen oder Mischlinge, die einen sehr viel größeren Bevölkerungsanteil als die beiden Gruppen an der Spitze stellten. Zur damaligen Zeit begannen sie die Macht anzustreben, hatten dieses Ziel aber noch längst nicht erreicht; später allerdings besetzten die Begabtesten unter ihnen Positionen von beträchtlichem Einfluß, sogar das Amt des Präsidenten.

Am unteren Ende der Hackordnung standen die Indianer, die in Mexiko als *indios* bezeichnet wurden. Viele von ihnen waren recht primitive Menschen auf einer niedrigen Kulturstufe, barfüßige Analphabeten ohne Fürsprecher und Führerschaft. Doch auch sie waren im Aufbruch begriffen und im Aufstieg, und schon Mitte des Jahrhunderts sollte einer von ihnen, der große Benito Juárez, ein reinblütiger Indianer, Mexiko auf seinen vorherbestimmten Weg zur Nation mit einer Bevölkerung von gleichermaßen vornehmem spanischen, indianischen und gemischtrassigen Blut führen.

Als *criollo*, der weder den stolzen *peninsulares* noch den niederen *mestizos* angehörte und auf halber Höhe der Prestigeleiter stand, verbrachte Santa Anna seine Jugendjahre damit, sich einen achtbaren Platz in der Gesellschaft zu erkämpfen. Er besuchte nur für kurze Zeit die unzulänglichen Schulen Mexikos und rühmte sich in späteren Jahren, er habe sich alles selbst angeeignet. Zudem behauptete er, nur ein einziges Buch gelesen zu haben. Wenn man dem Urteil wohlmeinender Biographen Glauben schenken darf, hat es sich bei diesem Buch um Cäsars *De Bello Gallico* gehandelt.

Zweifellos besaß Santa Anna nur wenig herkömmliche Schulbildung. Er machte diesen Mangel jedoch dadurch wett, indem er die geradezu unheimliche Fähigkeit erwarb, Ereignisse im voraus zu spüren, wie auch, in bestimmten Situationen die für ihn günstigste Handlungsweise richtig einzuschätzen. Als sein geschäftstüchtiger Vater ihm einen Arbeitsplatz bei einem Händler in Veracruz verschaffte, konnte er spüren – obwohl erst vierzehn Jahre alt –, daß eine solche Beschäftigung seiner Karriere abträglich gewesen wäre. Santa Anna kündigte die Stelle mit der angemessenen Begründung: »Ich bin nicht auf die Welt gekommen, um Ladenschwengel zu werden.«

In sehr früher Jugend – Santa Anna behauptet, mit vierzehn Jahren; die Quellen deuten eher auf ein Alter von sechzehn hin – meldete er sich freiwillig zum in Mexiko stationierten Truppenkontingent der königlich-spanischen Armee. Die Aussicht auf ein langes Leben im Dienst für den König war nach seinem Geschmack. Da er spanisches Blut in den Adern hatte und aus einer Familie stammte, die Rang und Namen besaß, wurde er ins Offizierscorps aufgenommen.

Bereits im untersten Dienstgrad zeichnete er

sich durch hervorragende Leistungen aus. In späteren Jahren umschrieb er zwei beherrschende Leitgedanken seines Lebens wie folgt: »Ich fühlte mich seit frühester Jugend zur Laufbahn des Soldaten hingezogen und habe gespürt, daß hier meine wahre Berufung liegt.« Und, ein wenig theatralischer: »Eine edle Gesinnung, frei von allem persönlichen Ehrgeiz, hat immer all mein Handeln bestimmt: die Liebe zur Freiheit und der innige Wunsch, den Namen meines Landes zu verherrlichen.«

In dieser frühen Phase seiner Karriere war Santa Anna aus persönlicher Überzeugung ein Verfechter spanischer Interessen, ein Royalist, der von der Wichtigkeit einer starken Zentralregierung überzeugt war, ein gläubiger Katholik und ein Mann, der dem ›gemeinen Volk‹ von Natur aus Mißtrauen, ja, Verachtung entgegenbrachte, insbesondere den Mischlingen und Indianern.

Aus diesem Grunde war er begeistert, als er im Jahre 1811 den Befehl bekam, sich in Veracruz als Subalternoffizier einem Feldzug anzuschließen, der von Oberst Joaquín Arredondo geführt wurde. In den nördlichen Provinzen sollten Aufstände niedergeschlagen werden, die republikanische Rebellen entfacht hatten. Daß er gegen seine eigenen Landsleute ins Feld zog, störte Santa Anna in keiner Weise und ließ ihn auch am gerechtfertigten Ziel nicht zweifeln. Er sagte: »Der Pöbel hat es gewagt, die Waffen gegen den König zu erheben, und muß daher bestraft werden.«

Zwei Jahre zog er mit Arredondos Armee auf dieser Strafexpedition durch den Norden des Landes, erschoß so viele Aufständische, wie ihm vor den Lauf der Waffe kamen, ließ die übrigen zusammentreiben und exekutieren oder als bedauernswerte Gefangene in die Minen schicken. Natürlich war die Aufgabe immer dort besonders einfach zu lösen, wo die Rebellen nur über wenige Schußwaffen, Munition und Pferde verfügten, weil die königliche Kavallerie dann ungehindert und ohne Schlachtordnung mit ihren blitzenden Säbeln angreifen konnte.

Unglücklicherweise war Santa Anna aber bei der Infanterie, einer geradezu verachtenswürdigen Waffengattung für einen jungen, vielversprechenden Offizier spanischen Blutes. Doch Santa Anna kämpfte mit so vorbildlichem Einsatz, daß er zu Beginn des Jahres 1812 wegen seiner Tapferkeit vor dem Feind zur Ernennung zum Leutnant vorgeschlagen und noch am 7. Oktober desselben Jahres zum Oberleutnant befördert wurde; außerdem versetzte man ihn aufgrund seiner Verdienste zur Kavallerie.

Als Offizier dieser Waffengattung errang er seiner brillanten, einfallsreichen Geländebeurteilung und seiner taktischen Fähigkeiten wegen zahlreiche Siege, einen davon gegen Ende des Jahres 1812, als er eine Abteilung von nur dreißig Kavalleristen in eine enge Felsenschlucht führte, in der sich dreihundert Indianer in guter Deckung verschanzt hatten. Obwohl es ihm freigestanden hätte, den Rückzug zu befehlen, entschloß er sich zu einem verwegenen Angriff. Mit blankem Säbel wüteten er und seine Männer stechend und hauend durch die Schlucht, bis der Trupp die Indianer niedergemetzelt und die Überlebenden in die Flucht geschlagen hatte.

In einem anderen Fall legte General Arredondo, ein *peninsular*, die Taktik fest, als er sich plötzlich einer bunt gemischten Streitmacht republikanischer Revolutionäre gegenübersah. Sie hatten die Frechheit besessen, sich zusammenzuschließen, da sie den Versuch unternehmen wollten, einige der Freiheiten zu erkämpfen, die Padre Hidalgo, ein kleiner Priester, im Jahre 1810 in seinem berühmten *Grito de Dolores* in Worte gekleidet hatte, jenem aus der Stadt Dolores ergangenen Aufruf, der Mexikos Kampf für die Unabhängigkeit von Spanien entfacht hatte. (Der Priester war wegen dieses Aufrufs exekutiert worden, doch die Entwicklung, die er in Gang gesetzt hatte, konnte nicht mehr aufgehalten werden: 1821 wurde Mexiko ein souveräner Staat.) Nachdem die Rebellen von Arredondos Kavallerie eingekesselt worden waren, wurde etwa die Hälfte im Kampf getötet. Von den Überlebenden erschoß man wiederum die Hälfte, obwohl sie Kriegsgefangene waren; die übrigen wurden zu lebenslanger Sklavenarbeit in den Minen verurteilt.

In einem anderen Fall ließen Santa Anna und seine Offizierskameraden sämtliche Bewohner eines Dorfes zusammentreiben, von dem aus Rebellen in den Kampf gezogen waren. Nachdem man die meisten Dorfbewohner erschossen hatte – wobei keine Rücksicht darauf genommen wurde, ob die Opfer an den Aufständen beteiligt gewesen waren oder nicht –, erteilte Arredondo den Befehl, die Überlebenden in die Sklaverei zu schicken, wo sie eine Festung für ihre Bezwinger erbauen mußten. Diese grausame und zynische Vorgehensweise entsprach den damals üblichen militärischen Gepflogenheiten.

Fast drei Jahre nahm Santa Anna an den Feldzügen im nördlichen Mexiko teil. Statt Gerechtigkeit zu üben, brachte er der Bevölkerung Tod und Vernichtung; statt ihr die Hand zur dringend notwendigen Versöhnung zu reichen, ließ er sie die Peitsche, den Säbel und die Kugel spüren. Ende Juli 1813 wurde Arredondos in vielen Schlachten gestählter Truppe die Mitteilung überbracht, daß jenseits des Rio Grande, in der Provinz Tejas, aufrührerische Bestrebungen im Gange seien, die sich zu einer gefährlichen Bedrohung ausweiten könnten. Arredondo und seine Männer zogen nach Norden, mit ihnen der aufstrebende junge Santa Anna, der mit fanatischem Eifer die Vernichtung der Indianer und die Unterjochung eines jeden Rebellen auf seine Fahne geschrieben hatte, der es wagte, die uneingeschränkte Macht der spanischen Armee in Frage zu stellen.

Im Jahre 1812, als Sam Houston neunzehn Jahre alt war, versetzte er das ländlich geprägte Tennessee einmal mehr in Erstaunen. Er unternahm einen Schritt, der seine Eigenwilligkeit und die Dreistigkeit deutlich machte, mit der er die etablierte Gesellschaft behandelte: Um seine Schulden abtragen zu können, eröffnete er eine Schule.

Obwohl er kein einziges Jahr ununterbrochenen Schulbesuchs vorweisen konnte, ging er dennoch davon aus, andere auf Gebieten unterrichten zu können, die er selbst beherrschte: Er konnte rechnen, sprach ein besseres Englisch als die meisten seiner Mitbürger, und er konnte lange Abschnitte aus der *Ilias* zitieren. Als er seine Unterrichtsgebühren festsetzte, mußten die Eltern feststellen, daß sie um zwei Dollar höher waren als in den anderen Schulen des Distrikts. Sie betrugen acht Dollar das Trimester, die auf dreierlei verschiedene Weise zu entrichten waren: in bar, in Getreide zum Preis von dreiunddreißig ein Drittel Cents den Scheffel und in Stoffen von verschiedener Farbe für des Lehrers Kleidung.

Es schien höchst unwahrscheinlich, daß einem so kühnen Unterfangen Erfolg beschieden sein könnte, doch der Möchtegern-Lehrer war hochgewachsen und stimmgewaltig und besaß die Fähigkeit, auch unter den unfolgsamen Kindern Ordnung und Disziplin aufrechtzuerhalten, so daß seine Schulbänke rasch gefüllt waren und dieses Ein-Mann-Unternehmen sich eines offensichtlichen Erfolges erfreuen konnte. Mit einem Prügelstock in der Hand und gekleidet in derben Hosen und einer langen Trapperjacke, das Haar im Nacken zu einem Zopf geflochten, schüchterte er schon vom Äußeren her seine Schüler dermaßen ein, daß sie bereitwillig lernten. Er sagte später, dies sei einer der glücklichsten Abschnitte seines Lebens gewesen, doch er muß nachts an sich gearbeitet haben, um seinen Schülern immer ein Stück voraus zu bleiben.

Ein Gelehrter im herkömmlichen Sinne war er natürlich nicht. Als er versuchte, sich mit der Geometrie herumzuschlagen, fand er deren theoretische Beweisführungen zu schwierig und konnte nicht einmal das kleinste abstrakte Problem bewältigen. Dennoch war zum Ende des ersten Jahres offensichtlich, daß dieser Homer zitierende Halbwilde es tatsächlich schaffen konnte, seine Schule mit beachtlichem Gewinn weiter zu führen. Doch wie den jungen Santa Anna in Veracruz zog es Sam Houston zum Militär, und wie sein späterer Gegenspieler sehnte er sich nach Abenteuer und Schlachtgetümmel. Die Vereinigten Staaten befanden sich erneut im Krieg mit England, und die Berichte von den Kampfhandlungen im Osten drangen bis tief in den Westen des Landes. Als Houston zu Ohren kam, daß ein Landsmann aus Tennessee, General Andrew Jackson, sich der Briten und deren indianischer Verbündeter zu erwehren hatte, schloß er seine Schule und nahm den Silberdollar von der Trommel eines Rekrutierungssergeanten; eine Geste, die ihn verpflichtete, von nun an dem Standrecht zu gehorchen.

Indem er sich am Beispiel Andrew Jacksons orientierte, erlangte er ein Vorbild für sein späteres militärisches und politisches Auftreten. Jackson war Anwalt gewesen, Richter, General, hatte einen Mann im Duell getötet, war ein begeisterter Reiter, ein starker Trinker und ein leidenschaftlicher politischer Redner und Befürworter einer Expansionspolitik. Houston tat es Jackson in all dem gleich – und sollte ihn später auf den meisten Gebieten übertreffen.

Im untersten Rang trat er in die Armee der Vereinigten Staaten ein, doch aufgrund seiner eindrucksvollen Körpergröße und seiner Kenntnisse über Waffen wurde er in weniger als vier Wochen zum Ausbildungssergeanten befördert. Schon kurze Zeit später wurde er Offiziersanwärter. In seiner ersten Schlacht, im Range eines Fähnrichs, folgte er seinem Major bei einem riskanten Sturmangriff auf indianische Verteidigungsstellungen. Der Major wurde aus kürzester Entfernung erschossen, doch Houston stürmte weiter vor und eroberte die feindliche Stellung, wurde dabei aber von einem indianischen Pfeil, an dessen Spitze sich große Widerhaken befanden, im linken Oberschenkel getroffen, nur knapp zwei Zentimeter unterhalb der Leiste.

»Zieh ihn raus!« rief er einem Lieutenant zu, der sich in der Nähe befand, doch nachdem der zaudernde Offizier nur zweimal halbherzig am Pfeilschaft gezogen hatte, rief er zurück: »Unmöglich. Er muß herausgeschnitten werden.«

»Nun zieh schon!« brüllte Houston und griff nach dem Säbel, um den furchtsamen vorgesetzten Offizier zu zwingen, den Pfeil zu entfernen. Der Lieutenant stemmte einen Fuß auf Houstons Bein, packte den Schaft mit beiden Händen und zerrte mit aller Kraft. Der Pfeil kam frei, und die widerhakenbewehrte Spitze riß dabei so viel zerfetztes Fleisch mit heraus, daß Houston beinahe das Bewußtsein verloren hätte. Ein Feldarzt, der die klaffende Wunde mit Baumwolle zustopfte, befahl ihm: »Bleiben Sie hier liegen, bis die Schlacht vorbei ist.« Auch General Jackson, der vor dem entscheidenden Vorstoß eine letzte eilige Inspektion seiner Truppe vornahm, warf einen Blick auf Houstons Wunde und befahl ihm ebenfalls, sich vom Kampf fernzuhalten.

Doch Houston konnte nicht untätig bleiben, während um ihn herum die Schlacht tobte. Obwohl seine Wunde stark blutete, mühte er sich auf die Beine und stürzte sich blindlings wieder in den Kampf. Dabei fand er sich an der Spitze eines versprengten Trupps wieder, der einen feindlichen Verteidigungswall hinaufstürmte. Er stellte fest, daß die Indianer auf der gegenüberliegenden Seite des Walles gut gedeckt in Stellung lagen. Beim Versuch, den feindlichen Wall dennoch einzunehmen, bekam Houston eine volle Ladung ab; sein rechter Arm wurde zerschmettert, und eine großkalibrige Kugel schlug in seine rechte Schulter.

Aufgrund seiner Tapferkeit in der entscheidenden Schlacht gegen die mit den Briten verbündeten Creek-Indianer am Horseshoe Bend im Jahre 1814 wurde er zum Lieutenant befördert; vor allem aber entwickelte sich eine enge Freundschaft mit General Jackson. In der Folgezeit wurde Houston der aufsteigende Stern in Jacksons Truppe. Als junger Offizier, der mit indianischen Sitten und Gebräuchen vertraut war, entsandte man ihn als Sprecher der Regierung zu seinen alten Freunden, den Cherokee. Houston sollte ihnen die neuen Verträge erklären, die den Indianern von den Vereinigten Staaten angeboten wurden. Diese Aufgabe übernahm er nur zu gern, konnte er auf diese Weise doch zu der altvertrauten Lebensweise zurückkehren. In dieser Stimmung – und entsprechendem Aufzug – erstattete er 1818 in Washington Bericht. Als Dolmetscher versuchte er dazu beizutragen, daß Abkommen getroffen wurden, die sowohl für die Indianer als auch für die amerikanische Armee von Nutzen waren.

In indianischer Tracht, das Haar wie ein Cherokee zu einem mit Muscheln verzierten Zopf geflochten, stellte er Präsident Monroe seine Häuptlinge vor. Zwar war der Präsident mit Houstons Erfolgen in dieser heiklen Mission zufrieden, der Kriegsminister hingegen war empört. Nach Abschluß der Unterredung bat er Houston zu bleiben.

Der Minister war John C. Calhoun, ein hochintelligenter, bissiger, unbändig ehrgeiziger Politiker aus South Carolina, einer der fähigsten Männer, die je das Amt des Präsidenten angestrebt haben, ohne dieses Ziel zu erreichen. Bei Calhoun war dies auf seine boshafte, zynische Persönlichkeit und sein Umschwenken von einem liberalen Nationalismus zu einer engstirnigen, auf die Südstaaten fixierten Haltung und die Befürwortung der Sklaverei zurückzuführen. »Wie kann ein Offizier der Armee der Vereinigten Staaten es wagen, in der Hauptstadt seines Landes in einer solchen Kluft zu erscheinen?«

»Ich bin mit Indianern gekommen, und ich vertrete Indianer. Sie vertrauen mir, weil auch ich Indianer bin.«

»Kommen Sie mir nie wieder in einem derart obszönen Aufzug unter die Augen.«

»Sir, ich konnte diesen Vertrag nur deshalb abschließen ...«

»Ich bin Ihr vorgesetzter Offizier«, erwiderte der schmallippige Minister mit den wachen, unsteten Augen in scharfem Tonfall, »und ich befehle Ihnen, diese entwürdigende Kostümierung abzulegen.«

Statt dessen legte Houston die Uniform ab, weil er nicht zu den Menschen zählte, die eine solche Abfuhr hinnahmen, nicht einmal von General Jackson, und schon gar nicht von einem dürren, überheblichen Politiker. Noch immer in indianischer Kleidung, schickte er kurz darauf sein Rücktrittsschreiben an Calhoun und entfachte damit eine Feindschaft, welche die amerikanische Politik zwei Generationen lang beeinflussen sollte. Sam Houston haßte John C. Calhoun und setzte alles daran, ihm den Weg zur Präsidentschaft zu versperren; Calhoun verachtete Houston und weidete sich mit gehässiger Freude an den Niederlagen, die seinem Gegner noch bevorstehen sollten.

Houstons Abschied erfolgte im März 1818, als er fünfundzwanzig Jahre alt war und ohne Grundbesitz, ohne Arbeit, ohne Ehefrau und mit nur sehr dürftigen Zukunftsaussichten. Indes gelang es ihm innerhalb weniger Wochen, Richter James Trimble, einen angesehenen Anwalt aus Nashville, dazu zu bewegen, ihn Rechtswissenschaften zu lehren. Der Richter stellte den achtzehnmonatigen Studiengang zusammen, der damals erforderlich war, und

Sam stürzte sich auf die Arbeit, las gewissenhaft und beharrlich und verkündete nach sechs Monaten, daß er alles gelernt habe, was es zu lernen gebe, und daß er nunmehr darauf vorbereitet sei, den Bürgern von Tennessee als Anwalt zu dienen. Nachdem der junge Hüne sich einer flüchtigen Prüfung unterzogen hatte, erklärten Richter Trimble und dessen Berufskollegen von der Anwaltschaft in Nashville Sam Houston zu einem der ihren.

Als eine seiner ersten Amtshandlungen als Anwalt schrieb Houston mehrere geharnischte Briefe an Kriegsminister Calhoun und fragte mit scharfen Worten an, aus welchem Grunde ihm bestimmte Bezüge noch nicht ausgezahlt worden seien, die das Kriegsministerium ihm schulde. Einer der Briefe endete: »Ich sehe keine Veranlassung für Ihr Verhalten mir gegenüber ... Ich wäre bereit gewesen, die Kränkungen zu vergessen, die Sie mir ohne jeden Grund zugefügt haben, wären Sie nicht so entschlossen, damit weiterzumachen ... Ich werde mich mein Lebtag daran erinnern, wie schlecht Sie mich behandelt haben, und auch an die Ungerechtigkeit, die mir durch Ihre Behörde widerfahren ist.«

Auf eine erstaunliche Episode in Houstons jungen Jahren als Anwalt wird in der Literatur nur selten hingewiesen, doch sie war von großer Bedeutung, was sein späteres Verhalten auf politischer Bühne betrifft. Als Sam ein gutaussehender Fünfundzwanzigjähriger war, unverheiratet, auf dem besten Weg in eine gesicherte Existenz, gründete eine Gruppe gleichaltriger junger Leute den Dramatic Club of Nashville. Die Mitglieder dieser Theatertruppe boten dem Publikum der Stadt eine

Reihe erstklassiger Stücke an. In einem höchst erfolgreichen Schauspiel sollte Houston als betrunkener, aggressiver, urkomischer Dienstmann auftreten, eine Rolle, der in der Inszenierung sehr viel mehr Raum eingeräumt worden war als vom Autor vorgesehen, um Sam die Möglichkeit zu geben, sein komödiantisches Talent und die Fähigkeit, in eine bestimmte Rolle zu schlüpfen, voll zu entfalten. Doch je näher die Uraufführung kam, desto ängstlicher wurde Sam bei dem Gedanken, als lächerliche Gestalt vor einem Publikum zu erscheinen, und vielleicht hätte er sich aus Furcht, sich zum Gespött zu machen, aus der Truppe zurückgezogen, hätten die anderen Schauspieler ihn nicht davon überzeugt, daß er sich wegen seiner Körpergröße, seiner Sprachbegabung und seiner eindrucksvollen Stimme als Glanzpunkt der Aufführung erweisen würde.

In der Tat war er der Star, dem das Publikum Beifall zollte, den die Zeitungen lobten und der vom Chef der Truppe gepriesen wurde, welcher öffentlich kundtat, er sei »noch nie einem Menschen begegnet, der ein feineres Gespür für das Lächerliche hat ... und niemandem, der mit leichterer Hand sowohl das Komische als auch das Erhabene wiedergeben kann«.

Jenes Stück des Nashviller Theaters, das einen nachhaltigen Eindruck auf Houston hinterließ und ihm half, sein Auftreten, seine Haltung und seine Redekunst bei späteren öffentlichen Auftritten zu verbessern, war John Homes *Douglas*, ein sensationeller Bühnenerfolg, der sowohl in den Staaten Europas als auch in den Städten Amerikas Triumphe gefeiert hatte. In diesem Meisterwerk der Bühnenkunst über die schottischen Highlands wurde verschiedenen Schauspielern die Möglichkeit geboten, sich nach vorn und in die Mitte der Bühne zu bewegen und Sprüche zu deklamieren, die es seinerzeit an Bekanntheit mit Hamlets ›Sein oder Nichtsein‹ aufnehmen konnten. In *Douglas* trat der wackere junge Held nach vorn, gekleidet in einen prächtigen Kilt, und trug Worte vor, die allen Theaterbesuchern der damaligen Zeit vertraut gewesen sind:

> Mein Name ist Norval; in den Grampian Hills
> Hütet mein Vater die Herde; ein bescheid'ner
> Hirte,
> Dessen Streben stets war, sein Hab zu mehren
> Und mich, den einz'gen Sohn, daheim zu halten
> ...

Doch der ungestüme junge Norval wollte nichts davon wissen. Er lief dem Vater fort, stürzte sich ins Schlachtgetümmel und stieß jenen Ruf aus, der damals durch sämtliche Theater hallte, in denen Englisch gesprochen wurde:

> Siegen wie Douglas oder wie Douglas sterben!

Houston spielte nicht den Norval; er hatte die kleinere Rolle des Glenvalon übernommen, doch jeden Abend hörte er diese bewegende Zeile, dieses Bekenntnis zur Ehre, und Stil und Rhythmus dieses Ausrufs wurden ein Bestandteil seines rhetorischen Arsenals. Als er aus dem Dramatic Club of Nashville austrat, trugen seine verbesserten sprachlichen Fähigkeiten, sein eindrucksvolles Äußeres und seine achtunggebietende Persönlichkeit dazu bei, daß er von seinen Offizierskameraden der Bürgermiliz von Tennessee zum Generalmajor gewählt wurde. Fortan war er General Houston. Daß er diesen hohen Rang zu Recht trug, bestätigte er später durch Tapferkeit auf dem Schlachtfeld und Führungsqualitäten in den Kasernen.

Die Zivilbevölkerung achtete ihn als Anwalt vor Gericht so hoch, daß sie ihn im Jahre 1823 als Abgeordneten des neunten Distrikts von Tennessee ins Repräsentantenhaus der Vereinigten Staaten von Amerika wählte. Nashvilles begehrtester Junggeselle hielt mit dreißig Jahren seine Jungfernrede vor dem versammelten Kongreß der Vereinigten Staaten. Wie lautete das Thema? Es handelte sich nicht um ein provinzlerisches Problem, das Tennessee betraf, sondern um das Recht der Griechen, nach Unabhängigkeit von der türkischen Herrschaft zu streben. Während seiner gesamten politischen Laufbahn setzte Houston sich für die Freiheit aller Menschen ein – die farbigen Sklaven ausgenommen.

Viele Menschen spürten und einige äußerten öffentlich, daß Sam Houstons Stern bis in den Zenit würde aufsteigen können: Senator, Gouverneur, Kabinettsmitglied, vielleicht sogar Präsident. Doch im Herbst 1824 fand sein spektakulärer Höhenflug ein Ende; Houstons Kandidaten für die Präsidentschaft, Andrew Jackson, wurde dieses hohe Amt durch die geschickte Strategie des hartnäckigen John Quincy Adams aus Massachussetts verwehrt – sein Leben lang Gegner sämtlicher Ziele, die Houston anstrebte –, sowie von Henry Clay, der Adams' Innenminister werden wollte. Und wer wurde Vizepräsident und erlangte im Zentrum der Macht größten Einfluß? John C. Calhoun, der entschlossener denn je war, den frechen jungen Kongreßabgeordneten aus Tennessee zu bekämpfen.

Unbeeindruckt zog Houston sich aus der Bundespolitik in die des Staates Tennessee zurück, jedoch mit zwei festen Zielen: seinem Vorbild Jackson im Jahre 1828 zur Präsidentschaft zu verhelfen und für sich selbst so schnell wie möglich das Amt des Gouverneurs von Tennessee zu erobern. Außerdem zog er in Betracht, in den Stand der Ehe zu treten, und begann nach einer Frau Ausschau zu halten, die bei seinen Wählern in Tennessee Zustimmung finden würde.

Als Sam Houston in jenen Jahren eine Reihe wichtiger Erfahrungen sammelte, hatte sein zukünftiger Gegner Santa Anna in Mexiko ähnlich prägende Erlebnisse. Kein einziges Ereignis in Tennessee hinterließ jedoch einen derart nachhaltigen und folgenschweren Eindruck auf Houston wie ein Vorfall in der nordmexikanischen Provinz Tejas auf seinen späteren Gegenspieler.

Im August 1813, als Santa Anna neunzehn Jahre alt war, überquerte sein brutaler und rachsüchtiger Anführer Arredondo den Rio Grande bei Laredo und marschierte nach Norden, um republikanische Rebellen in San Antonio de Béxar zu bekämpfen. Als Arredondos Armee den entbehrungsreichen Marsch über die glutheiße, staubige Prärie unternahm, wurden die Entschlossenheit und der Zorn ihres Feldherrn nur noch größer. Eines Abends, als die kleine Hauptstadt drei Tagesmärsche entfernt war, ließ er seine Offiziere zusammenrufen und hielt eine flammende Ansprache:

> Wer sind diese Rebellen? Laßt uns den Tatsachen ins Auge sehen. Sie sind fast dreitau-

sendzweihundert Mann stark, wir sind nur zweitausend. Aber verliert nicht den Mut, denn wir sind ausgebildete Soldaten, die viele Schlachten geschlagen haben, die strenge Disziplin wahren, die etwas von Taktik verstehen, und wir haben Gómez Padilla mit sechs Geschützen. Alle Vorteile sind auf unserer Seite.

So frage ich also noch einmal: Wer sind diese Rebellen? Eintausendsiebenhundert von ihnen sind mexikanische Staatsbürger spanischen Blutes, die hier eine Art unabhängigen Staat errichten wollen, ungeachtet der Gesetze, die wir in Mexiko erlassen haben. Diese Bande von Aufrührern muß zerschmettert werden. Ich wünsche keine Gefangenen.

Auf seiten dieser Mexikaner stehen sechshundert irregeleitete Indianer, die immer für ein großes Wort zu kämpfen bereit sind ... wie Freiheit ... oder Unabhängigkeit ... Begriffe, die sie nicht einmal erklären können, wenn man sie danach fragt. Tötet sie, wenn ihr töten müßt. Der Rest wird fliehen; laßt sie laufen. Wir wollen ja nicht, daß sie unseren Truppen beim Vormarsch im Wege sind.

Die restlichen neunhundert? Genau da liegt das heikle Problem. Mir wurde Mitteilung gemacht, daß die meisten von ihnen Amerikaner sind, die sich über die Grenze zu Louisiana nach Mexiko eingeschlichen haben ... Viele von ihnen sind Halsabschneider, Banditen, Diebe, Verräter. Wenn ihre eigene Regierung sie zu fassen bekäme, würde man sie allesamt wegen der Verbrechen hängen lassen, die sie in ihrer Heimat begangen haben. Jetzt versuchen sie, uns Tejas zu stehlen, und dafür müssen sie bestraft werden. Keine Gefangenen! Sobald diese Schlacht vorüber ist, wünsche ich, daß ein Aufschrei des Entsetzens von Louisiana bis nach Washington erschallt: »Das also geschieht, wenn Gesetzesbrecher und Abtrünnige in Mexiko eindringen!« Ich will, daß die Amerikaner wissen, was ihnen blüht, sollten sie es wagen, unseren geheiligten Boden anzutasten.

Als Arredondo diese Tirade beendet hatte, das Gesicht vor Erregung gerötet, erteilte er seinen Offizieren mit ruhigerer Stimme eine Reihe von knappen, klaren Befehlen. Sie lassen zum einen seine Absicht erkennen, eine Vernichtungsschlacht zu schlagen, und zum anderen seine beachtlichen Fähigkeiten als Feldherr:

> Beim Vormarsch werden wir nur wenige Männer ins erste Glied stellen, um die Rebellen zu täuschen, was unsere Mannschaftsstärke betrifft. Die Leutnants Moncado und Santa Anna werden den Angriff führen. Sobald die Kämpfe an Heftigkeit zunehmen, werden sie den Rückzug antreten, als wären sie bereits geschlagen.
>
> Wir können sicher sein, daß der Pöbel auf unseren Köder anbeißen wird. Er wird gegen unsere vermeintlich fliehenden Männer nachstoßen. In diesem Augenblick werde ich mit unserer gesamten Streitmacht vorstürmen und die Rebellen attackieren. Dann … Vernichtung. Mit den sechs Geschützen von Gómez Padilla werden wir sie in Fetzen schießen.

Leutnant Moncado erkannte sofort den Schwachpunkt dieses brillanten Plans: Voraussetzung für sein Gelingen war, daß der Gegner tatsächlich ein ungeordneter Haufen war, bei dem man damit rechnen konnte, daß er jeden fliehenden Feind verfolgte. Doch Moncado hatte zwei Bücher über den amerikanischen Unabhängkeitskrieg gelesen und wußte um die taktische Klugheit, mit der die amerikanischen Armeen die Engländer 1776 geschlagen hatten. Er warnte General Arredondo daher vor der Gefahr, daß die republikanische Armee in San Antonio möglicherweise von Amerikanern geführt wurde, die vergleichbare Fähigkeiten besaßen wie ihre Landsleute im Krieg gegen England. Hinzu kam die überlegene Mannschaftsstärke des Feindes. Es konnte also dazu kommen, daß die geplante Falle nicht zuschnappte und daß es die exponierten, ungeschützten spanischen Truppen waren, die vernichtet wurden.

> Oh, mein Sohn! Du hast recht! Hätten die Amerikaner und ihre irregeleiteten mexikanischen Verbündeten wirkliche Feldherrn ... Aber, sag mir, wer waren die Führer der Amerikaner im Krieg von 1776, von dem du sprichst? Franzosen und Deutsche und Polen. Sie haben die dummen Amerikaner gelehrt, wie man kämpfen muß. Der Mob dort drüben hat keinen Lafayette, und diesmal steht ihnen die spanische Armee gegenüber.

Bei dem von Zufällen bestimmten Verlauf der Schlacht – keine der feindlichen Parteien traf eine bewußte Wahl des Standortes und eines damit verbundenen Geländevorteils – stießen die beiden Armeen auf einem ausgedehnten Feld unweit des kleinen Río Medina aufeinander. Die Rebellen erkannten, daß sie den Regierungstruppen zahlenmäßig weit überlegen waren und begannen mit einem Sturmangriff gegen Arredondos Truppenteil. Aufgrund ihrer hervorragenden Treffsicherheit trieben die Vaganten aus Kentucky und Tennessee Leutnant Moncados Abteilung auf dem linken und Leutnant Santa Annas Männer auf dem rechten Flügel der Regierungstruppen zurück. Die spanische Armee schien so überraschend und schwer getroffen zu sein, daß ihre Formationen zerbrachen und ein allgemeiner Rückzug einsetzte.

»Ihnen nach, Männer!« rief eine amerikanische Stimme aus der vordersten Front der Rebellenarmee.

»¡Ataque!« brüllte zugleich ein spanischer Offizier und preschte los.

Dann erklang die rauhe, befehlende Stimme eines anderen, besonneneren Amerikaners: »Männer! Um Himmels willen, halt! Es ist eine Falle!« Der Mann tat sein Bestes, um seine verwegenen Kameraden davon abzuhalten, die Verfolgung der Spanier aufzunehmen, doch seine Bemühungen waren vergeblich. Er rief noch immer »Falle! Falle!«, als bereits der Schlußmann der amerikanischen Truppe an ihm vorüberstürmte.

Die sogenannte Schlacht von Medina war ein widerwärtiges Gemetzel, da fast jeder Soldat aus General Arredondos Truppe genau das tat, was ihm befohlen worden war: Santa Anna und Moncado ließen die Falle zuschnappen; Gómez Padilla feuerte mit seinen Geschützen mitten ins Herz der völlig überraschten Rebellen, und General Arredondo selbst schickte Kommandotrupps an jene

Stellen der spanischen Linien, an denen die Amerikaner durchzubrechen drohten.

Trotz eines schrecklichen Blutbads innerhalb des Kessels, in dem die Rebellen gefangen waren, gelang es den Spaniern nicht, sämtliche Feinde zu töten, und einige Aufständische schafften schon aufgrund ihres zahlenmäßigen Übergewichts den Ausbruch aus dem Kessel. Als sie über die Felder flüchteten, setzte Arredondo seine bislang in Reserve gehaltene, erfahrene Kavallerie ein. Die berittenen Soldaten brachten die fliehenden Amerikaner und Mexikaner zur Strecke, als wären sie Hasen oder Wildschweine. Die Indianer wurden verschont, weil man damit rechnen konnte, daß sie sich in die Weiten der Prärie zurückziehen würden, ohne die spanische Truppe noch einmal zu gefährden – sofern sie überlebten.

Allein der überwältigende Sieg, den die Spanier an diesem Augusttag errangen, machte auf den jungen Santa Anna einen tiefen Eindruck, lieferte dieser Sieg doch den Beweis, was eine disziplinierte Armee, die in europäischer Taktik ausgebildet war, gegen einen bunt zusammengewürfelten Haufen aus Amerikanern und aufgewiegelten Provinzlern ausrichten konnte, die den Ruf nach Gleichstellung mit den *peninsulares* erhoben. Doch es waren vor allem die darauffolgenden Schlachten, die Santa Annas Persönlichkeit unauslöschlich prägen sollten.

Als die Kavalleristen mehrere hundert fliehende Rebellen gefangen und zusammengetrieben hatten, darunter viele Amerikaner, befahl der grauhaarige Führer der spanischen Reitertruppe den Gefangenen, einen langen, flachen Graben auszuheben, über den anschließend hölzerne Planken gelegt wurden. Auf diese Planken mußte jeweils eine bestimmte Anzahl von Gefangenen treten; dann wurden sie von Exekutionskommandos niedergeschossen, die ihre Arbeit so gekonnt und effizient erledigten, daß die Leichen kopfüber in ihr selbstgeschaufeltes Grab fielen.

Am gleichen Abend pferchte Arredondo mehr als dreihundert andere Gefangene in einem behelfsmäßigen Gefängnis in der Stadt San Antonio zusammen. Am nächsten Morgen waren achtzehn Männer erstickt oder durch die in der furchtbaren Enge zusammengedrängten Körper regelrecht zu Tode gequetscht worden. Ungefähr die Hälfte der Überlebenden wurden auf den öffentlichen Platz geschleppt und exekutiert, die anderen zum Straßenbau abgeführt.

Amerikanische Soldaten wurden erschossen, wo immer sie aufgegriffen wurden. Doch am tiefsten beeindruckt war der junge Santa Anna von der Brutalität, mit der General Arredondo jeden Zivilisten behandelte, der im Verdacht stand, die Rebellen unterstützt zu haben, mochte dieser Verdacht noch so geringfügig sein. Arredondo ließ diese Leute ohne Federlesens auf der Stelle erschießen. Als die ungezählten Exekutionen ein Ende fanden, gab der General seinen Männern zu verstehen, daß sie sich in der Stadt vergnügen dürften. Diese Vergnügungen äußerten sich in Plünderungen, Raubzügen durch die Straßen und der einfallsreichen ›Bestrafung‹ sämtlicher älterer Damen der Stadt, die man in einer Art Gefängnis zusammentrieb, wo sie achtzehn Tage festgehalten und gezwungen wurden, die Wäsche der Sieger zu waschen und ihnen Tortillas zu backen,[1] wobei die Soldaten lachend zuschauten.

Als Santa Anna erkannte, wie vollkommen dieser Sieg war – die meisterhafte Art und Weise, in der man die Amerikaner geschlagen hatte; die militärische Unfähigkeit des mexikanischen Proletariats; die brutale Strenge, mit der die Zivilbevölkerung bestraft wurde, ob unschuldig oder nicht – gelangte er zu der Ansicht, daß dies der wirkungsvollste Weg sei, auch den kleinsten Widerstand im Keim zu ersticken. Doch die vielleicht bedeutsamste und folgenschwerste Konsequenz all dieser Beobachtungen war die Geringschätzung, die Santa Anna den Amerikanern im allgemeinen gegenüber entwickelte.

Die unbestreitbaren militärischen Verdienste, die Santa Anna sich bei der Schlacht von Medina erworben hatte, wurden jedoch erheblich gemindert. Während er sich noch in San Antonio des Sieges und der Plünderungen erfreute, entdeckte General Arredondo, daß der junge Offizier, der sich zu seinem Günstling entwickelt hatte, die Bücher des Regiments ›frisierte‹, um auf diese Weise Spielschulden decken zu können. Santa Anna hatte seine Unterschlagungen dadurch zu vertuschen versucht, indem er Arredondos Unterschrift auf einem Wechsel fälschte, der den Fehlbetrag ausgleichen sollte. Er sagte sich: »Der General wird viel zu beschäftigt sein, als daß er sich mit solchen Angelegenheiten befassen könnte.«

Santa Anna wäre aus der Armee ausgestoßen worden, hätte ihm nicht ein Feldarzt das Geld vorgestreckt, mit dem er die unterschlagene Summe begleichen konnte; Santa Anna zahlte diesem Arzt einen Teil des Geldes später in mehreren Raten zurück, ohne ihm jemals die gesamte Schuldsumme zu erstatten.

Von weitaus größerer Tragweite als die militärischen Erfolge Arredondos und Santa Annas war indessen die Tatsache, daß in Mexiko nun bestimmte gesellschaftliche Veränderungen einsetzten. Mexikanische Patrioten begannen ihre Kräfte zu vereinen, um das spanische Joch abzuschütteln. Nicht etwa, weil ihnen die Regierung des Mutterlandes verhaßt war – von allen Regierungen europäischer Kolonialstaaten gehörte die spanische noch zu den erträglichsten –, sondern weil die Spanier darauf beharrten, unfähige Amtsträger in bedeutende Positionen zu lancieren. Die in Mexiko geborenen *criollos* und *mestizos* waren jedoch nicht mehr bereit hinzunehmen, daß ihnen der Weg zu hohen Ämtern in Verwaltung, Kirche und Militär versperrt blieb. Ein junger *criollo*, der einen gehobenen Posten anstrebte, drückte es folgendermaßen aus: »Es geht nicht allein darum, daß wir die unfähigen *peninsulares* hassen, die aus Spanien hierher geschickt werden. Wir hassen auch die Fähigen. Sie müssen in Spanien bleiben und die Regierung des Landes uns überlassen.«

Im Zeitraum von 1813–1821 begann in Mexiko daher ein langsamer, schwelender Prozeß der Radikalisierung; es kam nicht zum Aufruhr, erst recht nicht zur Revolution, doch die Zustände im Lande konnte man gewiß nicht als friedlich bezeichnen. Santa Annas politische Einstellung in diesen bewegten Jahren war von drei Grundsätzen bestimmt, für die er eintrat:

Auf menschenverachtende, eigennützige Art und Weise kämpfte Santa Anna für den Erhalt der spanischen Vorherrschaft in Mexiko, aber nur deshalb, weil er sich sehr wohl bewußt war, daß die spanische Monarchie – zumindest noch in jenen

Jahren – die Quelle der Macht im Lande darstellte. Auf den Schlachtfeldern ließ er immer wieder erkennen, daß seine Treue zu Spanien vorbehaltlos war. Er hätte für den König sein Leben gelassen, und bei einigen waghalsigen Einsätzen war er sehr nahe daran.

Auf ganz ähnliche Weise verteidigte er die Privilegien der katholischen Kirche. Er war eher ein berechnender Mensch denn ein frommer Gläubiger, doch er respektierte die Kirche als Machtfaktor innerhalb des Gemeinwesens und als Schatztruhe, auf die er in Zeiten der Not und Bedrängnis zurückgreifen konnte. Er konnte nicht begreifen, wieso andere Staaten protestantisch waren.

Obwohl in Mexiko die Überzeugung wuchs, daß die *fueros*, die Privilegien für den Klerus und das Militär, abgeschafft werden sollten, hielt Santa Anna an der Meinung fest, das Wohlergehen Mexikos hinge von der Beibehaltung der Sondergerichte ab, vor denen gegen Priester und Armeeoffiziere verhandelt wurde (wobei man nur sehr selten einen Schuldspruch fällte). Anders ausgedrückt: Geistliche und Militärs waren dem Zugriff des Zivilrechts entzogen.

Festhalten an der spanischen Vorherrschaft, an einer starken katholischen Kirche und den *fueros* – dies waren die drei festgefügten politischen und gesellschaftlichen Grundsätze Santa Annas, und er schwor sich, sie niemals aufzugeben.

Nur in einem scheinbar unbedeutenden Punkt unterschied er sich von der Meinung der spanischen Herrschaftsschicht: Er war der Ansicht, daß es von Nutzen sein könnte, die Verantwortlichkeit für die Regierungsgeschäfte in die Hände gebürtiger Mexikaner zu legen – keine *mestizos* oder *in-*

dios, Gott bewahre – aber in die Hände von Männern reinblütiger spanischer Abstammung, zu denen auch er selbst zählte. *¡Abajo los Gachupines! ¡Arriba la Religión y los Fueros!* lautete der Schlachtruf, den er des öfteren in den Kasernen erschallen ließ. (Nieder mit den Peninsulares aus Spanien! Es leben die katholische Kirche und die von den Sondergerichten garantierten Privilegien!)

Um das Jahr 1820 befand sich die spanischsprachige Welt in einem Zustand der wachsenden Unruhe. Im europäischen Mutterland zwangen liberale, fortschrittliche Kräfte einen widerstrebenden König, ihnen gewisse politische Freiheiten einzuräumen. Eine Armeeinheit, die sich schon im Hafen zur Abfahrt nach Mexiko bereithielt und die den Befehl hatte, revolutionäre Aufstände in den amerikanischen Kolonien niederzuschlagen, weigerte sich abzulegen. Die Offiziere gaben den meuternden Soldaten Rückendeckung: Sie gingen gar nicht erst an Bord des Schiffes.

Kolonien, die lange Zeit loyal zu Spanien gestanden hatten, schüttelten nun die Herrschaft des Mutterlandes ab. In vielen Teilen Südamerikas wurden neue, unabhängige Staaten gegründet, die zwar noch immer spanisch geprägt waren, nun aber den Weg in die Zukunft eigenverantwortlich zu bestimmen gedachten.

In Mexiko führten diese Unabhängigkeitsbestrebungen zu innenpolitischen Wirren, in die Santa Anna rasch hineingezogen wurde. Erst kurz zuvor aus Spanien eingetroffene *peninsulares*, die von den liberalen politischen Vorstellungen durchdrungen waren, welche sich im Mutterland ausgebreitet hatten, entfachten neue Feindseligkeiten unter den kolonialistisch geprägten Konservativen; denn diese Neuankömmlinge bemühten sich, auch in Mexiko jene Reformen einzuführen, die in Spanien bereits verwirklicht worden waren. Insbesondere, als diese *peninsulares* die althergebrachten Vorrechte für Kirche und Militär abschaffen wollten, fühlten sich konservative Gruppen in ganz Mexiko zum Widerstand aufgerufen.

Das Ergebnis war ein Rückfall des kolonialen Mexiko in einen starren Konservativismus, während im Mutterland die Liberalisierung weiter voranschritt, bis schließlich jedermann – extreme Reaktionäre wie Santa Anna ausgenommen – erkannte, daß Mexiko nicht mehr von Madrid aus regiert werden konnte. Die Menschen horchten auf, als ein gutaussehender, charismatischer, in Mexiko gebürtiger Offizier namens Agustín de Iturbide – selbstverständlich ein General – seinen berühmten *Plan de Iguala* verkündete, in dem die Loslösung von Spanien und gemäßigte Reformen unter einem in Mexiko lebenden Regierungsschef gefordert wurden. Obwohl Iturbide Soldaten aus allen Lagern zuliefen, blieb Santa Anna ein unerschütterlicher Verfechter der spanischen Monarchie ... zumindest für einen Monat.

In der reizvollen kleinen Bergstadt Orizaba, am Fuße des gleichnamigen Vulkans und unweit von Xalapa gelegen, lieferte Santa Anna erneut den Beweis für seine Königstreue. Eines frühen Morgens gegen vier Uhr führte er persönlich einen militärischen Einsatz gegen mexikanische Aufständische in Orizaba. Die Rebellen wurden im Schlaf überrascht und aus der Stadt vertrieben; Santa Anna wurde aufgrund dieser Geste der Loyalität von den Spaniern zum Oberstleutnant befördert.

Und dann begann seine erste große Wandlung. Er verbrachte den Rest dieses kühlen Morgens damit, über die politischen Entwicklungen in Mexiko nachzugrübeln – und darüber, daß die Rebellen nicht wie erwartet geflüchtet waren, sondern stattdessen ihre Armee verstärkt und um die Stadt zusammengezogen hatten, um einen Gegenangriff vorzubereiten, der jeden Augenblick erfolgen konnte. Santa Anna überdachte die Lage weiter, während er ein hastiges Mittagessen einnahm, und gegen vierzehn Uhr hatte er einen unabänderlichen und sehr überraschenden Entschluß gefaßt: Er führte seine Männer aus Orizaba heraus und schloß sich den Aufständischen an. Diese belohnten seine plötzliche Lossagung von der spanischen Krone dadurch, daß sie ihn zum Oberst beförderten. Damit war Santa Anna innerhalb von zwölf Stunden um zwei Dienstgrade aufgestiegen, vom Major zum Oberst, und das in zwei unterschiedlichen Armeen, die für zwei vollkommen unterschiedliche Ziele kämpften.

Durch solche und ähnliche Begebenheiten wurde die spanische Herrschaft in Mexiko beseitigt. Drei Jahrhunderte, von 1519 bis 1821, hatte Spanien bedeutende militärische Führer wie Cortés und Coronado in die Neue Welt entsandt, strenge, unbeugsame Administratoren wie Mendoza, ehrwürdige Mönche und Priester und Hunderte loyaler, tüchtiger Laien. Sie alle hatten einen unschätzbaren Beitrag zum Aufbau Mexikos geleistet – Straßen waren gebaut worden; man hatte Garnisonen inmitten der Wüste errichtet sowie eine bedeutende Universität in der Hauptstadt; man hatte das Banditenunwesen wirkungsvoll bekämpft; prächtige Gebäude leuchteten weiß in der

Sonne; eine Religion hatte alles überdacht und ineinander gefügt: das Christentum; man hatte eine der schönsten und klangvollsten Sprachen der Erde nach Mexiko gebracht: Spanisch; man hatte eine ordnende Verwaltung geschaffen –, nun aber war die goldene spanische Sonne untergegangen. Doch ihr Einfluß auf Mexiko hat bis heute überdauert, und so wird es auch weiterhin sein.

Auch einer der abgelegensten mexikanischen Provinzen, Tejas, hat Spanien seinen unauslöschlichen Stempel aufgeprägt. Vieles vom Reiz des späteren US-Bundestaates Texas: die Art seiner Bewohner, sich zu kleiden, sich zu ernähren, sich auszudrücken – das und vieles andere wurzelt tief in der jahrhundertelangen spanischen Geschichte dieses Staates. Das Gold Spaniens spiegelt sich in Texas auf tausendfache Weise und im Lächeln von einer Million Einwohner wider.

Als Iturbide, der von den Spaniern militärisch ausgebildet worden war, im Jahre 1821 die spanische Kolonialmacht abschüttelte, wurde Oberst Santa Anna einer seiner lautstärksten Anhänger und nahm Iturbides Ruf nach Freiheit des Landes und der Kirche und die Forderung nach Gleichstellung aller Mexikaner auf. Als Santa Anna dem General zum erstenmal begegnete, hörten seine Soldaten ihn rufen:

> Geliebter Iturbide! Ihr, den alle Mexikaner verehren, sollt über unsere Herzen, unsere Waffen, unser aller Leben verfügen, denn nur Ihr könnt Mexiko die innere Kraft und eine rechtmäßige Regierung geben, nach der unser Vaterland sich sehnt. Tropfen für Tropfen soll mein Blut fließen, um Eure heroischen und edlen Ziele zu ver-

teidigen. Lang lebe Iturbide! Lang lebe der Friede! Lang lebe der Ruhm einer neuen Epoche!

Als Iturbide sich – nach einem kurzen Intermezzo als eine Art Militärdiktator – zum Kaiser von Mexiko krönen ließ, war Santa Anna einer der ersten, die lautstark verkündeten, daß er im Grunde schon immer einen im Lande geborenen Monarchen an der Spitze des Staates hatte sehen wollen. So war Santa Anna denn auch derjenige, der nicht nur an der Spitze der jubelnden Volksmassen stand, die dem schlanken, gut aussehenden, aber nicht sonderlich intelligenten neuen Kaiser huldigten, der nun den Thron bestieg; er ließ ihm auch folgende schriftlich niederlegte Ehrenbezeugung übermitteln:

> Unsterblicher Iturbide! Ganz Mexiko ist voller Freude über den Schritt, den Ihr getan habt. Ihr bringt uns Licht und Hoffnung. Gewiß, es mag noch einige wenige uneinsichtige Elemente geben, denen es an wahrem Patriotismus mangelt und die nicht wissen, was Bürgerpflicht bedeutet, doch meine Truppen und ich stehen bereit, Euch bei der Vernichtung dieser Nichtswürdigen zu helfen.
>
> Euer Majestät kann versichert sein, daß ich, solange ich lebe, Euer treuer Streiter bin und sein werde, der bereit ist, zu Eurer Verteidigung den Tod in die Arme zu schließen. Euer ergebener Diener, der sich in tiefer Verehrung vor Euer ruhmreichen Majestät verbeugt.
>
> Ant. López de Santa Anna
> *General der Armee*

Sein Aufstieg zum General war verdientermaßen und auf spektakuläre Art und Weise erfolgt: In seinem geliebten Veracruz hatte eine spanische Armeeinheit in der Festung San Juan de Ulúa noch immer die Stellung halten können. Santa Anna schlug die Spanier bei dem Versuch zurück, die Stadt wieder in ihre Gewalt zu bringen. Sein verwegener Einsatz bei den Kampfhandlungen ließ ihn zu einem Nationalhelden werden.

Als solcher war es für ihn jetzt anzuraten, in den Hafen der Ehe einzulaufen. Er war mittlerweile achtundzwanzig Jahre alt und noch immer unverheiratet, was in spanisch geprägten Ländern wie Mexiko kein günstiges Licht auf einen jungen Mann wirft und mit gewissem Argwohn betrachtet wird. Mit der ihm eigenen Fähigkeit für geschickte und eigennützige Machenschaften hielt er nun gleichermaßen vehement, poetisch und romantisch um die Hand der altjüngferlichen Schwester des Kaisers an, Doña Nicolasa, sechzig Jahre alt, dürr, häßlich und durch ihres Bruders Karriere zu plötzlichem Reichtum gelangt. Santa Annas feurige Brautwerbung wurde zum Tagesgespräch in Mexiko, bis die Dame den leidenschaftlichen General eines Morgens mit dem knappen Kommentar: »Lassen Sie den Unsinn!« abwies. Der Kaiser sagte das gleiche.

Etwa um diese Zeit erteilte Iturbide Santa Anna eine noch schärfere Abfuhr. Als der heldenhafte junge General ihn anläßlich einer Audienz in ordensgeschmückter Uniform begrüßte und dann Platz nahm, wohingegen Hochheit noch stand, wies ein Mitglied des kaiserlichen Hofes ihn scharf zurecht: »Señor Brigadier, in Gegenwart eines Kaisers hat sich niemand zu setzen.«

Aus diesen kleinen Anfängen entwickelte sich ein immer tieferer Riß zwischen dem ultra-loyalen Santa Anna und seinem geliebten Kaiser. Noch vor Ablauf von Iturbides erstem Regierungsjahr war Santa Anna erneut unter die Verschwörer gegangen. Er schwenkte in seiner politischen Haltung wieder radikal um und schloß sich der wachsenden öffentlichen Forderung nach einer neuen Staatsform an: der Republik. Da der vorherrschende politische Wind in Mexiko ohnehin in Richtung Föderalismus wehte, gelangte Santa Anna diesmal zu der Überzeugung, daß Mexikos wahre Bestimmung nicht ein Kaiserreich sei, das sich an europäischen Vorbildern orientierte, sondern eine Republik ähnlich den Vereinigten Staaten.

In dieser Zeit der politischen und moralischen Irrungen und Wirrungen fühlte Santa Anna sich gezwungen, gegen seinen Wohltäter Iturbide zu opponieren, und er verfolgte mit Bedauern, wie der einstige Kaiser schließlich auf Lebenszeit aus Mexiko nach Italien verbannt wurde, wobei der Ex-Kaiser sich mit einer großzügigen Pension trösten konnte.

Doch als dieser selbstbetrügerische Dandy den Versuch unternahm, nach Mexiko zurückzukehren und den Thron wiederzuerobern, rührte Santa Anna keinen Finger, als Iturbide erschossen wurde. Nach Berichten von Augenzeugen soll Santa Anna unmittelbar vor der Exekution gesagt haben: »Gleich werden wir ja sehen, ob sich niemand in Gegenwart eines Kaisers setzen darf.« Die Mexikaner begriffen allmählich, was es bedeutete, wenn Santa Anna versprach, für einen Kameraden bis zum Tode zu kämpfen: Es war der Tod des Kameraden, den er meinte.

Daß Santa Anna im Jahre 1824 energisch die Verkündung einer republikanischen Verfassung unterstützte, ist für sein späteres Leben von größter Bedeutung. Die Verfassung orientierte sich am amerikanischen Vorbild; somit wurde den einzelnen Bundesstaaten ein hohes Maß an Souveränität gewährt. Zu diesen Bundesstaaten gehörte das neu gegründete Coahuila-y-Tejas, dessen erste Hauptstadt das malerische Saltillo wurde. Santa Anna setzte sich vehement für diese Dezentralisierung ein und prophezeite den Einzelstaaten, die nun frei von der zentralistischen Vorherrschaft waren, eine strahlende Zukunft.

In diesem veränderten politischen Klima stellte er sich in der Öffentlichkeit als ein Mann dar, der ein moralisches und geistiges Erwachen erlebt hatte. Er verhielt sich so, als könnte er nun die Forderungen der Liberalen verstehen, daß der katholischen Kirche deren ausgedehnte Ländereien entzogen und die Sondergerichte für Priester und Militärs abgeschafft werden müßten. Er zeigte sich ebenfalls einverstanden, als die Reformer forderten: »Die Indianer müssen die gleichen Rechte bekommen wie alle anderen Mexikaner.« Schon nach kurzer Zeit gab Santa Anna sich in ganz Mexiko als machtvoller Fürsprecher der Demokratie, der sozialen Gerechtigkeit und einer verantwortungsvollen Regierung aus.

Es waren gewaltige politische Sprünge gewesen, die Santa Anna vollzogen hatte; vom spanischen Königs- zum mexikanischen Kaisertreuen und schließlich zum nach außen hin überzeugten Republikaner. Doch bei all diesen politischen Schwenkübungen behielt er immer zwei unveränderliche Eigenschaften bei: Zum einen war er ein unbestreitbar mutiger Mann, der sich nicht scheute, für seine Überzeugungen die größten Risiken einzugehen; zum anderen war er bereit, seine jeweiligen politischen Führer und deren Ziele bedingungslos zu verteidigen, und sei es um den Preis des eigenen Lebens. So auch jetzt: »Ich werde allzeit bereit sein, zum Schutze unserer neuen republikanischen Freiheiten und der Rechte, die sie unserem Volk bringen, mein Leben hinzugeben.«

Allerdings verhieß es nichts Gutes, als er einem engen Freund anvertraute: »Ich weiß überhaupt nicht, was eine Republik ist. Ein Anwalt in Xalapa hat mir gesagt, es wäre eine gute Sache.«

Als General Santa Anna in Mexiko die Karriereleiter hinaufstieg, war General Houston in Tennessee mindestens genauso erfolgreich. 1825 wählte man ihn erneut in den Kongreß, und 1827 wurde er Gouverneur von Tennessee. Dieser hohen Ämter wegen spielte er eine bedeutende Rolle, als es 1828 darum ging, seinem Freund Andrew Jackson den Weg in das Weiße Haus zu ebnen. Hochgewachsen, von charismatischer Ausstrahlung, ein hochbegabter Redner und verläßlicher Freund, schien es für Houston kaum ein Hindernis zu geben, das seinem gewaltigen Ehrgeiz und seinen großen Zielen im Wege stand. Für seine Freunde und politischen Verbündeten galt er bereits als möglicher Präsidentschaftskandidat, falls Jackson, den viele ohnehin für zu schwach hielten, um lange im Amt bleiben zu können, keine zweite Amtszeit schaffen würde. Houston als Präsident? Das war durchaus keine unrealistische Traumvorstellung, denn Tennessee spielte eine tragende Rolle in der nationalen Politik. Dieser Staat verkörperte die wachsende Macht des aufstrebenden Westens, und drei seiner Söhne sollten die Präsidentschaft erlangen: Andrew Jackson, James K. Polk und Andrew Johnson. Sam Houstons

Name hätte diesen dreien durchaus hinzugefügt werden können, doch dazu sollte es nicht kommen. In einem Staat mit eingeschränktem politischem Einfluß wie New Jersey jedenfalls hätte er nur geringe Zukunftsaussichten gehabt; in Tennessee standen ihm alle Möglichkeiten offen.

Wie Santa Anna zeigte auch Houston eine merkwürdige Abneigung gegen den Ehestand. Er war inzwischen fünfunddreißig Jahre alt und immer noch Junggeselle, und er mußte sich anhören, wie Freunde hinter seinem Rücken tuschelten, daß es unklug für einen Mann sei, ein so hohes Amt wie das des Gouverneurs zu bekleiden, ohne eine Frau an seiner Seite zu haben. Deshalb entschied Houston sich nach einigen halbherzigen Tändeleien schließlich für eine ausgesprochen reizende junge Dame, die aus einer vornehmen Familie in Gallatin stammte, einer Stadt fünf Meilen nordöstlich von Nashville.

Eliza Allen war genau halb so alt wie Houston; ein zurückhaltendes, hübsches Mädchen, das eine gute Erziehung, ein schwankendes Gemüt und den sehnlichen Wunsch zu heiraten besaß. Unglücklicherweise war Houston aber nicht derjenige, den sie zu ehelichen wünschte; sie hatte ihr Herz bereits einem poetischen jungen Mann geschenkt, der neben vollendetem Charme ein würdevoll-vornehmes Auftreten und die romantisch-traurige Verlockung einer schleichenden Krankheit besaß, die ihn binnen weniger Jahre dahinraffen sollte.

Doch die Allens, eine große Familie, zeigten sich von der Aussicht, daß eine ihrer Töchter die Frau des Gouverneurs werden konnte, dermaßen hingerissen, daß sie mehr Druck auf Eliza ausübten, als schicklich und vertretbar war. Tapfer die

Tränen unterdrückend und im Zustand tiefster Zerknirschung, machte sie ihre Eltern zu glücklichen Menschen, als sie Houstons Antrag schließlich akzeptierte. Als der hünenhafte, gutaussehende Gouverneur dann neben der entzückenden kleinen Eliza stand, um den priesterlichen Segen für ihr zukünftiges gemeinsames Leben entgegenzunehmen, verflogen alle Zweifel, was die Korrektkeit des Zustandekommens dieser Ehe betraf. Und in der Tat befand Houston sich acht Tage später in einer solchen Hochstimmung, daß er öffentlich seine Entschlossenheit kundtat, sich bei den nächsten Wahlen wieder um das Amt des Gouverneurs zu bewerben. Die Heirat machte ihn im ganzen Staat so beliebt, daß seine zweite Amtsperiode als Gouverneur und später das Mandat als Mitglied des Senats der Vereinigten Staaten gesichert schienen.

Die Houstons heirateten im Januar 1829; am 16. April dieses Jahres, während die Wahlkampfmaschinerie auf Hochtouren lief, versetzte Eliza die Einwohner des Staates Tennessee – und die der anderen Staaten der Union – jedoch in tiefste Bestürzung, als sie urplötzlich die eheliche Verbindung mit Houston löste und unter Tränen ins elterliche Haus nach Gallatin flüchtete. Noch am selben Tag trat Sam Houston als Gouverneur zurück und verzichtete auf die Kandidatur für eine zweite Amtszeit.

Er lieferte weder zum Zeitpunkt dieses Vorfalls noch später eine Erklärung über die Geschehnisse, die zur Trennung geführt hatten. Irgendein unsäglicher Streit war zwischen Gatten und Gattin ausgebrochen. Der Ehrenmann Houston weigerte sich standhaft damit herauszurücken, was vorgefallen war; auch Eliza hüllte sich in ein permanentes Schweigen. Sam Houston wurde von Freunden bestürmt, eine öffentliche Erklärung abzugeben; sie versuchten ihm klarzumachen, daß er nur dann die Atmosphäre reinigen und den Sieg bei den Gouverneurswahlen sicherstellen könne, wenn er sich zu dem Vorfall äußerte: »Sieh dir an, was Andy Jackson getan hat. Sein Eheskandal war bestimmt noch schlimmer als der deine, und Jackson hat politisch überlebt, obwohl er dafür einen Mann töten mußte.«

Auch Houston hätte beinahe einen Mann töten müssen; denn ihm ging die Ehre über alles, und zur damaligen Zeit war es in bestimmten Situationen für Männer wie ihn nicht einfach, Duellen aus dem Weg zu gehen. Einige Jahre zuvor hatte ein von politischen Gegnern angeworbener Berufs-Agitator in Nashville Houstons Weg gekreuzt, hatte irgend etwas Unfreundliches von sich gegeben und dann einen professionellen Revolvermann aus Missouri beauftragt, Houston zum Duell zu fordern. Houston wiederum erteilte seinem Sekundanten die Weisung, sich mit dem Profi-Duellanten in Verbindung zu setzen. Der Sekundant war ein pedantischer, verknöcherter Oberst, der über hervorragende Kenntnisse des damaligen Ehrenkodexes verfügte. Er trat herablassend vor den aus Missouri importierten Revolvermann und erklärte, der Etikette entsprechend: »General Houston kann keine Herausforderung von Ihnen annehmen, weil Sie kein Bürger dieses Staates sind.«

Indem er eine Reihe von Tricks und Schlichen anwandte, gelang es dem Mann aus Missouri, sich der Dienste eines gewissen William A. White zu versichern, eines weithin bekannten, ehrenhaften

Generals von tadellosem Ruf. Dieser Mann endlich, der dritte in Folge, überbrachte Houston persönlich die Herausforderung, obwohl er gar keinen Streit mit dem ehemaligen Gouverneur hatte; auch mit dem obskuren Polit-Agitator hatte er rein gar nichts zu tun.

Es stellt sich die Frage: Warum ließ Houston sich auf dieses lächerliche Duell ein? Seine Begründung läßt manches über das moralische Klima der damaligen Zeit erkennen: »Weil ich weiß, daß ein Feigling nur in Schande und Verborgenheit leben kann, habe ich nicht gezögert, so zu handeln, wie es meiner Natur entspricht.«

White sog sich die mehr als dürftige Begründung, seine ›Ehre sei verletzt‹, aus den Fingern. Er beharrte auf dem Duell – und war entsetzt, als Houston, der das Recht hatte, die Waffen und die Entfernung zu wählen, sich für Pistolen und die mörderisch geringe Distanz von fünf Metern entschied. Auf diese Entfernung konnte ein guter Schütze einen so riesenhaften Gegner wie Houston zwar nur schwerlich verfehlen, doch die Freunde des Ex-Gouverneurs flüsterten: »Der gute alte Sam. Tut nie etwas Unüberlegtes. Muß sich aus drei Herausforderern einen aussuchen, und wen wählt er? Den armseligsten Hampelmann.«

Das Duell fand tatsächlich statt. General White, der vor Angst beinahe in Ohnmacht gefallen wäre, bevor noch der erste Schuß fiel, feuerte zuerst und brachte das Kunststück fertig, den Gegner zu verfehlen. Dann schoß General Houston und jagte seinem Widersacher eine Kugel in die Leistengegend.

»Sie haben mich getötet«, winselte White. »Tut mir furchtbar leid«, sagte Houston und blickte auf ihn hinunter, »aber Sie wissen ja, daß mir diese Sache aufgezwungen wurde.« Der gefallene General erwiderte: »Ich weiß es, und ich vergebe Ihnen.« Er kam übrigens mit dem Leben davon.

Daß gegen Houston vor einem Geschworenengericht in Kentucky mit der Begründung Anklage erhoben wurde, das Duell falle unter die Gerichtshoheit Kentuckys, war ein von Henry Clay initiierter politischer Racheakt: Clay haßte Houston, weil dieser sich im Präsidentschaftswahlkampf für Andrew Jackson eingesetzt hatte. Die Sache verlief schließlich im Sande, doch das Duell und dessen verwickelte Begleitumstände sind ein Zeugnis für den seltsamen Ehrbegriff der damaligen Zeit.

Doch damit nicht genug. Nun meldeten auch Elizas Bruder und Onkel Ansprüche an, sich mit Houston zu duellieren, um die Ehre der Schwester beziehungsweise Nichte zu verteidigen. Houston ging dieser Katastrophe aus dem Weg, indem er den beiden versicherte, daß Eliza keine entwürdigende Behandlung widerfahren sei – nur ihm selbst. Dann forderte er den ganzen Staat Tennessee heraus: »Ich werde jeden jederzeit und überall bekämpfen, der es wagt, Schlechtes über meine Frau zu reden.«

Doch diese Herausforderung ließ die bohrende Frage nach der Ehrbarkeit Elizas unbeantwortet. Die braven Bürger von Gallatin – erbost, daß über dem Haupt einer ihrer liebreizendsten Töchter die finstere Wolke der Schande schwebte – unternahmen einen Schritt, der ganz Tennessee in Erstaunen versetzte. Sie beriefen einen ordentlichen, öffentlichen Ausschuß ein, dem eine schwere, aber ehrenvolle Verantwortung aufgebürdet wurde:

Es ist hiermit beschlossen, daß die im folgenden genannten Herren einen Ausschuß bilden werden, um nach eingehenden Beratungen einen Bericht zu erstellen, aus dem die öffentliche Meinung über die Tugendhaftigkeit Mrs. Eliza A. Houstons hervorgehen soll. Desgleichen soll durch Anhörung derjenigen, die den Vorzug ihrer Bekanntschaft genießen, die Frage beantwortet werden, ob ihrem bewunderungswürdigen Ruf ein Schaden zugefügt wurde, und zwar als Folge der erst kürzlich eingetretenen bedauerlichen Vorkommnisse zwischen ihr und ihrem Gatten, General Samuel Houston, ehemals Gouverneur des Staates Tennessee.

In dem zwölfköpfigen Ausschuß, der seine Aufgabe überaus ernst nahm, saßen zwei Generäle, zwei Obersten, ein Major, ein Hauptmann, fünf angesehene Anwälte und ein Privatmann.

Der Ausschuß tagte über einen Zeitraum von achtundvierzig Stunden, hörte sich Zeugenaussagen an, beurteilte den Stand der Dinge – so gut es den Herren auf der Grundlage des begrenzten Wissensstandes ihrer ohnedies befangenen Zeugen möglich war –, und gelangte zu dem Ergebnis, daß Eliza Allen Houston aus Gallatin, Tennessee, erstens eine höchst tugendhafte Frau sei, daß sie sich zweitens mit dem gebührenden Anstand verhalten habe, daß drittens gegen ihre Ehrbarkeit keinerlei Einwände erhoben werden könnten und daß sie viertens in der Öffentlichkeit nur als eine von vielen seelisch verletzten Frauen betrachtet werden müsse und als nichts anderes. Mit zwölf zu null Stimmen wurde Eliza bescheinigt, daß sie moralisch unbefleckt sei.

Der Ausschuß sprach zudem die Empfehlung aus, Abschriften seiner peinlich genauen, in viele Abschnitte aufgegliederten Entscheidung allen Zeitungen zuzuschicken, die sich bereits mit dieser Angelegeheit beschäftigt hatten; immerhin verzichtete der Ausschuß umsichtigerweiser darauf, den Bericht abzuschicken, bevor Houston wohlbehalten aus Tennessee verschwunden war.

Im Laufe der Zeit sind einige Einzelheiten über diese außergewöhnliche Geschichte ans Tageslicht gekommen. Obwohl weder Sam noch Eliza sich jemals öffentlich über ihr eheliches Desaster geäußert haben, kann man zu gewissen, allerdings mit Vorsicht zu genießenden Schlußfolgerungen gelangen. Daß die Ehe platzte, kann nicht auf Impotenz oder andere ernsthafte sexuelle Probleme zurückgeführt werden, wie damals viele Leute glaubten; sowohl Eliza als auch Sam heirateten später andere Partner. Eliza brachte zwei, nach anderen Quellen drei Kinder zur Welt; Sam zeugte deren acht. Es besteht vielmehr berechtigter Grund zu der Annahme, daß Gouverneur Houston eines Tages unerwartet nach Hause kam und seine Gattin schluchzend über einer Auswahl alter Liebesbriefe gebeugt vorfand, die von ihrem Angebeteten, jenem kränklichen, dichterisch angehauchten Jüngling stammten. Und Lizas Tränen deuteten natürlich darauf hin, daß sie es inzwischen bereute, Sam Houston und nicht ihre große Liebe geheiratet zu haben. Houston, wütend darüber, als Gouverneur eines bedeutenden Staates wie Tennessee auf eine solch schändliche Art und Weise gedemütigt zu werden, dürfte seine Frau angebrüllt haben, und sie ihn, und nach dieser Auseinandersetzung hatte man sich getrennt.

Eine gewisse Mrs. Robert Martin jedoch, die in der Nachbarschaft der Houstons wohnte, konnte damals mit einer völlig anderen Geschichte aufwarten. Und die erzählte sie auch, und zwar sehr vielen Leuten: »Gouverneur Houston stand draußen vor dem Haus und wurde von meinen beiden Töchtern mit Schneebällen bepfeffert. Als Eliza und ich ihn so da stehen sahen, habe ich mich über die Bedrängnis ihres Mannes lustig gemacht, und da sagt Eliza zu mir: ›Ich wünschte, sie würden ihn umbringen.‹ Ich habe sie völlig entsetzt angeblickt, als ich diese Bemerkung hörte – schließlich waren die beiden ja erst achtundvierzig Stunden verheiratet –, aber Eliza wiederholte mit der gleichen Stimme: ›Jawohl, ich wünsche mir aus tiefstem Herzen, daß jemand ihn ermordet.‹«

Es ist anzunehmen, daß Houston seiner Frau den Laufpaß gab; denn einige Jahre später war sie diejenige, die beharrlich versuchte, eine Versöhnung herbeizuführen, doch er wies sie ab.[2]

Houston zog sich auf recht spektakuläre Art und Weise aus dieser kläglichen Affäre. Der Ex-Gouverneur eines Staates, der im Brennpunkt der Bundespolitik stand, der Ex-Kongreßabgeordnete und persönliche Freund des Präsidenten ging an Bord eines Dampfers und fuhr den Tennessee River, den Ohio und den Mississippi hinunter und dann den Arkansas stromauf, um sich wieder bei denjenigen Menschen niederzulassen, die ihn verstanden: den Cherokee-Indianern, unter denen er dann mehr als drei Jahre in einem schmerzlichen und geschmähten Exil verbrachte.

Am 17. Dezember 1831 fuhr der hochbegabte Franzose Alexis de Tocqueville, der die amerikanische Demokratie wahrscheinlich besser begriffen hatte als jeder andere damals lebende Mensch, den Mississippi River hinunter, als der Dampfer, auf dem er unterwegs war, von einem schmuddeligen Schiff angerufen wurde, welches aus der Mündung des Arkansas River auf den Mississippi eingebogen war.

Von diesem Schiff stieg ein sehr großer, hagerer Mann, unrasiert und in abgetragener indianischer Kluft. Seine Haare waren lang, seine Fingernägel schmutzig, und sein Benehmen war grob. Dieser Hüne hat anscheinend einige Tage mit de Tocqueville zugebracht, denn der Franzose erinnerte sich später an ihn und bezeichnete ihn als das schrecklichste Beispiel einer der schlimmsten Seiten der Demokratie, das er jemals gesehen habe: »Weil das Stimmrecht doch ein allgemeines Recht ist und weil die Volksvertreter doch vom Staat bezahlt werden, ist es befremdlich zu beobachten, wie tief ein Mensch sinken kann.« Er bezog sich mit diesen Worten auf Sam Houston, den verwilderten Ex-Gouverneur, den er als Personifizierung der abscheulichsten Wucherungen der demokratischen Staatsform betrachtete.

De Tocqueville hatte mit seiner Beurteilung recht, was das Auftreten und das Erscheinungsbild Houstons in jenen Jahren betraf; die Cherokee hatten ihm einen zweiten Namen verliehen: Big Drunk, ein häufig benutzter Ausdruck der Geringschätzung in dieser Blütezeit der Grenzer, als es bei vielen Männern an der Tagesordnung war, Alkoholmengen zu konsumieren, die von Außenstehenden als ›unmäßig‹ bezeichnet wurden.

Bei den Cherokee eröffnete Sam Houston, der trunksüchtige Ex-Gouverneur in selbstgewählter Verbannung, einen kleinen Laden, wie es vor ihm schon Hunderte weißer Squaw Men getan hatten, und führte dort, wenn er nicht gerade betrunken war, ein recht glückliches Leben mit einer Cherokee namens Tiana Rogers.

Zwar heiratete er Tiana nicht nach christlichem Zeremoniell, denn vor dem Gesetz war er immer noch mit Eliza Allen verheiratet, aber mit Sicherheit trat er mit Tiana nach Cherokee-Tradition in den Stand der Ehe, und man wußte unter allen Cherokee-Stämmen, daß Sam ihr Gatte war. Es ist auf jeden Fall sehr unwahrscheinlich, daß er nach den abschreckenden Erfahrungen, die er mit den konventionellen Religionen gemacht hatte, noch Interesse an einer kirchlichen Heirat besaß.

Kehren wir noch einmal ins Jahr 1829 zurück, in die ersten Tage nach der Trennung von seiner Frau und dem Zusammenbruch seiner politischen Träume. Damals hatte er in seiner Verzweiflung Trost bei jenem Geistlichen gesucht, der erst kurz zuvor die Trauungszeremonie durchgeführt hatte. Dr. William Hume war nicht überrascht, als der Sünder Sam Houston bei ihm erschien, ein verworfener Mensch, der sich nie die Zeit genommen hatte, sich taufen zu lassen und der christlichen Kirche beizutreten, da er an seiner Karriere geschmiedet und ein hohes Amt nach dem anderen erobert hatte. Jetzt, wo alles in Scherben gefallen war, bat er Dr. Hume, ihn zu taufen, zu einem ›offiziellen‹ Christen zu machen und ihn in die Gemeinschaft der Episkopalkirche aufzunehmen.

Reverend Hume, der seine kirchlichen Pflichten ausgesprochen ernst nahm, gelangte zu der Ansicht, daß dies sehr wohl ein Fall sein mochte wie in dem bekannten Vers:

Einst war der Teufel krank,
Da wollt' ein Mönch er sein.
Einst ging's dem Teufel gut,
Da war er ein solch Mönchelein.

Daher suchte Hume zunächst einmal Rat beim Kirchenältesten, Obadiah Jennings, und dieser riet zu Vorsicht und Zurückhaltung. Er wies vor allem darauf hin, daß der hoch angesehene Familien- und Bekanntenkreis der Dame aus Gallatin sehr wütend auf Houston sei. Diese Herrschaften könnten es der Kirche möglicherweise übelnehmen, so sie den Verdammenswürdigen, der für die schändliche Behandlung seiner Gattin verantwortlich sei, in so vergleichsweise hohem Alter in die Gemeinschaft der Gläubigen aufnähme.

Nach eingehenden Beratungen, in denen auch all diese Feinheiten zur Sprache kamen, verkündete Reverend Hume der Gemeinde feierlich das Urteil: »Mr. Jennings und ich haben General Houston, der uns ersucht hat, ihn zu taufen, diesen Wunsch aus triftigen Gründen abgeschlagen.« Einem ehemaligen Gouverneur eines Staates wurde die Aufnahme in die Kirche verweigert, und mehr noch: kirchlicher Trost und Zuspruch, als es ihm am dreckigsten ging. Und das nur aus Furcht, andernfalls die einflußreichen Angehörigen der Familie seiner Frau zu beleidigen.

Selbst auf diesem absoluten Tiefpunkt fühlte Houston sich daran gebunden, den traditionellen Ehrenkodex der Südstaaten zu achten. Als irgendein Aufschneider ihn zum Duell forderte – ohne jeden ersichtlichen Grund –, nahm Sam, noch immer seinem Stolz verpflichtet, die Herausforderung an. Sekundanten wurden bestimmt, und im Morgengrauen kam man zusammen und legte die Entfernung fest. Die beiden Widersacher stellten sich Rücken an Rücken und marschierten los – einer wie der andere auf offensichtlich wackligen Beinen –, drehten sich um, zielten und schossen. Beide trafen den Gegner nicht, und zwar aus einem sehr einleuchtenden Grund: Die Sekundanten hatten bemerkt, daß die ihnen Anvertrauten sturzbetrunken waren und daß es für ihren Streit keinerlei vernünftige Erklärung gab; daraufhin hatten sie die Pistolen der Kontrahenten nur mit Pulver geladen, ohne Kugeln.

Houston hing weiterhin an der Flasche. Ein Schiffspassagier, der auf dem gleichen Dampfer wie Houston den Mississippi hinunter reiste, bezeichnete ihn als ›Geisel des Bacchus‹; ein anderer berichtete, daß er den Passagieren des Dampfers eine flammende Rede hielt, als das Schiff Zwischenstation machte, um Reisende aus Arkansas an Bord zu nehmen; er forderte sie wortreich auf, über den Landweg nach Oregon in ›Gottes Heimat‹ zu ziehen. Dieser Mann berichtet weiter, daß auch Houston sich mit der Absicht trug, so bald als möglich nach Oregon überzusiedeln. Zu diesem Zeitpunkt hatte Sam Houston noch nicht das geringste Interesse geäußert, sich im mexikanischen Staat Coahuila-y-Tejas niederzulassen.

Während der Rabe mit verletzten Flügeln darniederlag, schwang der Adler sich zu neuen Höhen auf, und sein Gefieder glänzte in der Sonne. Santa Anna hatte die Gewohnheit angenommen, die prächtigsten Uniformen zu tragen: punzierte lederne Stiefel mit Verzierungen aus purem Gold; strahlend weiße Hosen aus Frankreich, eng geschnitten und aus kräftigem, geschmeidigem Tuch; einen herrlichen, in Spanien gefertigten Säbel in einer Scheide mit Einlegearbeiten in Gold und Silber im Wert von mehr als siebentausend amerikanischen Dollar; eine prächtige Schärpe aus persischer Seide, mit Goldfäden durchwirkt; englische Hemden aus feinem Linnen; einen zierlichen Rüschenkragen und über allem einen Uniformrock in strahlendem Rot und geschmückt mit ungezählten Orden und Ehrenzeichen, darunter auch Mexikos neueste Auszeichnung, der Orden von Guadalupe, groß wie ein Suppenteller, sowie dem spanischen Orden der Isabella la Católica, kleiner, aber feiner, weil von höherem Rang.

Weil Santa Anna ein übertrieben eitler Mensch war, ließ er sich sehr oft porträtieren und, nach Erfindung der Daguerreotypie, auch fotografieren, so daß wir heute sein äußeres Erscheinungsbild über sechs Jahrzehnte hinweg chronologisch verfolgen können. Auf keiner der Abbildungen wirkt er gewöhnlich. Größer als die meisten Mexikaner, besaß er durch seine gerade Haltung und sein markantes Gesicht mit den seltsam stechenden Augen ein durchaus glaubwürdiges majestätisches Auftreten; er war schlank in der Jugend und im mittleren Alter von staatsmännisch-gravitätischer Korpulenz. Seine Miene – in jungen Jahren hatte er ein schmales, aristokratisches Gesicht – zeigt sich auf den Porträts zumeist streng und gebieterisch. Doch das hervorstechendste Merkmal an ihm war sein dichtes schwarzes Haar, das seine auffällige Farbe und Fülle beibehielt, solange er lebte. Er trug es in der reizvollen Mode des frühen neunzehnten Jahrhunderts: an den Schläfen und unter den Ohren schwungvoll nach vorn gekämmt, so daß sein Gesicht immer wie schwarz eingerahmt aussah. Sein distinguiertes Erscheinungsbild war aber nicht auf irgendein bestimmtes äußeres Merkmal zurückzuführen, sondern rührte von seiner ganzen Erscheinung her.

Ihm wurden ein halbes Dutzend hochtrabender Titel verliehen, und er bestand darauf, mit all diesen klangvollen Ehrennamen angeredet zu werden, wenn er vor die Öffentlichkeit trat, oder er unterzeichnete Dokumente mit all diesen Namen, zum Beispiel, wenn er eines seiner häufigen *pronunciamentos* verkündete, in denen er die Mexikaner dazu aufrief, an ihren angestammten Tugenden festzuhalten und Mexiko zu einer mächtigen und friedlichen Nation zu formen. Der Titel, den er am meisten schätzte, war ihm von mehreren Städten verliehen worden, *Benemérito de Tampico* oder *Benemérito de Veracruz*, was soviel bedeutet wie

›Der sich um Tampico (beziehungsweise um Veracruz) verdient gemacht hat‹. Auch er selbst bezeichnete sich in seinen öffentlichen Reden als *Benemérito* oder als *El Aguila*, ›der Adler‹, ein glückverheißender Beiname, der Santa Annas Person mit der neuen mexikanischen Nationalflagge in Verbindung brachte, der farbenprächtigsten der damaligen Zeit. Sie besaß drei Grundfarben: grün für die geliebte Landschaft Mexikos, rot für das Blut seiner Helden und weiß für die Reinheit der katholischen Kirche. Die Mitte der Flagge war mit einer schönen bildlichen Wiedergabe der uralten Maya-Legende verziert. In dieser Legende wurde erzählt, wie die Besiedlung der Hauptstadt begann: »Du mußt wandern, bis du einen Adler auf einem Kaktus sitzen und eine Schlange verzehren siehst.« Der auf der Flagge abgebildete Adler war ein stattlicher Bursche; die Schlange wand sich in seinen Krallen, und in die vielen Arme des Kaktus waren die Namen der verschiedenen mexikanischen Provinzen eingestickt. Santa Anna brüstete sich gern damit, daß er selbst den Adler auf der Flagge versinnbildliche, der gegen die Schlange der Korruption kämpfe.

Santa Annas Kreuzzug gegen die Korruption ging jedoch nicht so weit, daß er auch sein Privatleben mit einbezogen hätte. In den östlichen Randbezirken Xalapas hatte er nach und nach eine riesige Hacienda mit zahllosen Rindern erworben, die er Manga de Clavo nannte und auf der seine Frau und die Kinder ein Leben in verschwenderischem Luxus führten. Welche Tricks und Schliche er im einzelnen angewandt hatte, um sich in den Besitz dieses riesigen Anwesens zu bringen, liegt nach wie vor im dunkeln; sowohl Enteignung und Bestechung als auch Diebstahl haben dabei eine Rolle gespielt. Manga de Clavo war jedenfalls von gewaltigen Ausmaßen. Gleich vielen andere Generälen in allen Staaten und zu allen Zeiten nahm er es als gegeben hin, daß ihm außergewöhnliche Privilegien zustanden; in seinem Falle äußerten sie sich in fünfundsiebzigtausend Hektar Grundbesitz, einem Vermögen von Abermillionen Pesos und einer großen Anzahl von Mätressen.

Auf Manga de Clavo führte Santa Anna verständlicherweise ein glückliches Leben; er unternahm auf dem Pferderücken ausgedehnte Ritte über seine Ländereien oder gab sich einer seiner Leidenschaften, dem Hahnenkampf, hin. Er besaß die zweifellos beste Kampfhahnzucht Mexikos, und mit größter Freude schickte er seine Hähne gegen die Tiere von Emporkömmlingen in diesem ›Sport‹ in den Kampf, egal, in welchen Teil des Landes er auch reisen mochte. Daß er mit Manga de Clavo dennoch nicht ganz zufrieden war, lag daran, daß dieses riesige Anwesen sich ziemlich tief im Landesinnern befand, weitab von größeren Städten. Aus diesem Grunde setzte Santa Anna bei den benachbarten Grundherren seine beachtliche Überzeugungskraft ein, wie immer seine Argumente auch ausgesehen haben mögen; jedenfalls gelangte er schließlich in den Besitz eines noch prächtigeren Anwesens in der Nähe der Stadt El Encero, größer und schöner als Manga de Clavo und im Werte von mehreren Millionen Pesos.

Auch was sein Eheleben betraf, war Santa Anna ein glücklicher Mann, denn er hatte die ideale Gattin gefunden, eine hochgewachsene, dünne, unansehnliche Frau, die ihm neben einer stattlichen Mitgift den ehrbaren und den Regeln der Konvention entsprechenden Anstrich eines verheirateten Mannes bescherte. Glücklicherweise zog sie es vor, in Xalapa zu bleiben, statt sich in Mexiko City in den Mahlstrom der Politik zu wagen. Ihr Ehemann fand nichts daran auszusetzen, im Gegenteil; verschaffte es ihm doch reichlich Gelegenheit, mit den jungen Frauen in der Hauptstadt anzubändeln, die ihn unwiderstehlich fanden. Er hatte bereits fünf uneheliche Kinder, und es sollten noch weitere folgen.

Da er nun mehrere aufeinanderfolgende Triumphe auf dem Schlachtfeld vorweisen konnte – darunter den bedeutenden Sieg in Tampico im Jahre 1829, wo es ihm gelungen war, spanische Truppen zurückzuschlagen, die von Ferdinand VII. aus Kuba gesandt worden waren, um Mexiko zurückzuerobern –, begann er sich in der Öffentlichkeit als ›Napoleon des Westens‹ zu bezeichnen. Entsprechend ließ er sich nun auf seinen Porträts darstellen: die rechte Hand immer unter die Weste geschoben. Doch ungeachtet seiner Neigung zu derlei theatralischen Gesten besaß Santa Anna tatsächlich die Fähigkeiten eines militärischen Genies, und niemals schreckte er davor zurück, auch sich selbst Gefahren für Leib und Leben auszusetzen. Zudem besaß er die Gabe, eine bevorstehende Schlacht aus allen taktischen Blickwinkeln betrachten zu können und seine Truppen zurückzuhalten, wenn er fühlte, daß er keinen eleganten, überzeugenden Sieg erringen konnte. Doch was noch wichtiger war: Als geborener Opportunist wußte er sehr geschickt seine Truppen erst in letzter Minute einzusetzen, wenn ein anderer die Schlacht bereits geschlagen hatte, Santa Anna aber den Sieg für sich beanspruchen konnte.

In jenen Jahren wehten die vorherrschenden Winde in Mexikos politischer Großwetterlage immer noch – und zunehmend heftiger – in Richtung Föderalismus, und Santa Anna ließ sich, nach wie vor auf seinen eigenen Vorteil bedacht, von diesen Winden treiben. Im Jahre 1833 schließlich wurde dieses schillernde politische Chamäleon zum Präsidenten Mexikos gewählt. Er machte sich zum Anwalt der drei wichtigsten liberalen Reformbestrebungen, deren Befürworter seit der Unabhängigkeit Mexikos im Jahre 1821 immer mehr an Einfluß gewonnen hatten. Diese Reformen kamen nun zum Tragen: Zum einen wurde Mexiko in ein föderatives Staatsgebilde umgeformt, das sich aus Bundesstaaten mit eigenständigen Regierungen zusammensetzte, zum zweiten wurden die wuchernden Privilegien der Kirche beschnitten, und zum dritten wurden die Sondergerichte für Geistliche und Armeeoffiziere abgeschafft. Insbesondere mit der Einführung der bundesstaatlichen Reformen war für die breite Öffentlichkeit ein lang ersehntes Ziel erreicht, versprachen diese Neuerungen doch endlich die wahre Freiheit des einzelnen und die Ordnung im Staat. Schon von daher wurde die Wahl Santa Annas zum Präsidenten begeistert aufgenommen.

Dann aber begann eine rätselhafte Quadrille. Der neue Präsident zeigte eine seltsame Abneigung gegen politische Tagesgeschäfte; er verabscheute geradezu die Pflicht, an den Sitzungen der Nationalversammlung teilzunehmen. Von Natur aus Soldat und daran gewöhnt, daß andere sich seinem Willen unterzuordnen hatten, legte er immer dann, wenn eine schwierige oder unpopuläre Entscheidung auf demokratische Art und Weise getroffen werden mußte, die Präsidentschaft nieder, sattelte sein Pferd und ritt hinunter nach Manga de Clavo, wo er sich – wie weiland Achilles in sein Zelt – gekränkt in den Schmollwinkel zurückzog, solange, bis die breite Masse endlich seine Rückkehr ins Präsidentenamt forderte, um ›das Volk zu retten‹. Dann sattelte er wieder auf und ritt die hügelige Strecke nach Puebla und weiter nach Mexiko City zurück, wo man ihn immer wieder mit bombastischen Umzügen, Kanonendonner und unter den Lobgesängen der Menge begrüßte – und ihn ein weiteres Mal zum Präsidenten ernannte.[3]

In den acht Jahren zwischen 1829 und 1837 – in den Vereinigten Staaten fiel in diesen Zeitraum die Amtszeit eines einzigen Präsidenten, Andrew Jackson, eines Mannes von robustem, unkompliziertem Naturell, der die Bundesstaaten zu einer engeren Gemeinschaft zusammenfügte als zuvor – mußte Mexiko siebzehn Präsidenten erdulden: sieben verschiedene Männer, die auf die gesetzlich vorgeschriebene Art und Weise gewählt wurden, und zehn, die dieses Amt nur vorübergehend als Stellvertreter innehatten, während der Präsident abwesend oder indisponiert war.

Dieses Reise-nach-Jerusalem-Spiel mit dem Präsidentenstuhl war die schreckliche Strafe, die von den meisten ehemals spanischen Kolonien bezahlt werden mußte, welche sich vom Mutterland gelöst hatten, um den Wunsch nach Unabhängigkeit und Freiheit zu verwirklichen, ohne selbst politische Mechanismen entwickelt zu haben, eine fähige, verantwortungsbewußte Regierung bilden zu können. Unterwürfig der Kirche gegenüber, vom Ruhm siegreicher Generäle verblendet und durch die überstürzte Entwicklung der Ereignisse in politisch-gesellschaftliche Wirren gestürzt, suchten Mexiko und andere ehemals spanische Kolonien dadurch innere Stabilität zu erlangen, daß man Generälen wie Santa Anna die politische Veranwortung übertrug. Diese Männer aber hatten, was die politische Zukunft ihres Landes betraf, kaum deutlichere Vorstellungen als die orientierungslose breite Bevölkerung. Es gab von Spanien unabhängige Regierungen, gewiß, aber kein Regieren, und da diese verhängnisvolle Krankheit in der gesamten ehemals spanischen Welt auf eine ganz typische Art und Weise grassierte, muß man dem Mutterland Spanien die Schuld daran geben: Es war eine Nation, die riesige Territorien besessen und sie vergleichsweise gut regiert hat. Doch Spanien versagte, als es darum ging, in seinen einstigen Kolonien zumindest die Grundlagen für eine funktionierende Selbstverwaltung zu schaffen.

Die angloamerikanischen Siedler, die in den mexikanischen Staat Coahuila-y-Tejas strömten, waren sich der chaotischen Zustände bewußt und daher verunsichert: »Wenn Mexiko sich nicht einmal selbst regieren kann, wie kann es dann uns regieren, die wir so weit im Norden leben?« Auch in anderen Landesteilen Mexikos war die Bevölkerung besorgt, und von daher war es verständlich, daß Patrioten zu der Überzeugung gelangten, ihr Staat könne nur von einem entschlossenen, gleichwohl gütigen und milden Diktator regiert werden. Offenbar waren diese Patrioten – elfmal – der Meinung, daß Santa Anna diese Voraussetzungen erfüllte. Kaum aber traten politische Schwierigkeiten auf, löste ihr Held die Probleme dadurch, daß er sein Amt niederlegte, sich in die Abgeschiedenheit seines Anwesens in der Nähe von Xalapa zurückzog und seinen Bürgern die Möglichkeit bot festzustellen, wie schlecht es ihnen ohne ihren Präsidenten Santa Anna erging.

Während der kritischen Jahre, als die Auseinandersetzungen mit Tejas sich abzeichneten, legte Santa Anna viermal sein Amt nieder – im Juni 1833, im Juli 1833, im Dezember 1833 und im Januar 1836 –, um es dann jedesmal kurze Zeit später wieder anzutreten; einmal mit einer verblüffenden Erkenntnis, die er der Öffentlichkeit unverblümt kundttat, ohne daß es ihn in Verlegenheit gebracht hätte: Obgleich er zugab, daß er einst den Grundsatz der Freiheit und Gleichheit aller mit Leidenschaft und aufrichtiger Überzeugung vertreten habe, müsse er jetzt eingestehen, daß dieses damalige Bekenntnis eine Dummheit gewesen sei. Er habe nun einsehen müssen, daß die Bevölkerung Mexikos noch nicht imstande sei, mit der Freiheit des Individuums umzugehen. Daher sei er zu dem Schluß gekommen, daß das Land und seine Menschen eine Autokratie bräuchten, einen Despotismus, den er, Santa Anna, mit Klugkeit und Autorität zum Wohle des Staates durchsetzen müsse:

> Mir ist nun bewußt geworden, daß ich ein Konservativer bin, und ich biete dem Staat ein gutes, solides politisches Konzept an, mit dem ich ihn zu retten vermag. Wir brauchen eine starke Zentralregierung; eine Nation, in der die Einzelstaaten weniger Machtbefugnisse besitzen als bisher und insbesondere keine eigenen gesetzgeberischen Vollmachten. Der katholischen Kirche muß wieder die uneingeschränkte Vor-

machtstellung eingeräumt werden. Und auch die althergebrachten Privilegien, die einst Priestern und Armeeoffizieren zugestanden haben, müssen erneuert werden.

Indem er den Schlachtruf *›Religión y Fueros‹* wieder aufleben ließ, gegen den er einst zu Felde gezogen war, versetzte er der liberalen Verfassung von 1824 den Todesstoß und verwandelte Mexiko über Nacht in eine theokratische Diktatur ... und die Bürger applaudierten.

Das heißt, die meisten. Zacatecas, ein durch seine Silbervorkommen reicher Bundesstaat, war eine Hochburg des Föderalismus. Die Einwohner hatten ihr Recht auf Selbstverwaltung schätzen gelernt und weigerten sich, die Verfassung von 1824 abzuschaffen. Zacatecas rekrutierte eine Bürgermiliz, um seine verfassungsmäßig verbrieften Rechte zu verteidigen.

Das war genau die Art von Herausforderung, die Santa Anna liebte, gab sie ihm doch die Gelegenheit, die bürokratischen Fesseln zu sprengen, sich auf sein Pferd zu schwingen und als Befehlshaber einer Armee gegen einen Feind zu marschieren, der greifbar war und nicht abstrakt wie etwa die verhaßten Gesetzesnormen. Zudem gründete Santa Annas Ruf sich ja auf seine Fähigkeiten als Feldherr, und nun hatte er die Möglichkeit, sein Ansehen so sehr zu erhöhen, daß er Mexiko als absolutistisch regierten Staat unter seine Herrschaft zu bringen vermochte.

Diesmal konnten seine Truppen sich keiner zahlenmäßigen Überlegenheit erfreuen; die Bevölkerung von Zacatecas hatte etwa dreizehntausend Mann unter Waffen, während Santa Annas Heer nicht einmal ein Drittel so stark war: dreitausendfünfhundert Mann. Auch was die Geschütze anbelangte, so übertraf die Zacatecas-Miliz die Stärke der Regierungstruppen; zudem besaß Zacatecas eine gut ausgebildete Kavallerie. Doch Santa Anna hatte einige militärische Trümpfe im Ärmel. Er beschloß, sich am Beispiel seines Vorbilds Napoleon zu orientieren und den Verteidigern der Stadt durch einen heimlichen Angriff in den Rükken zu fallen; erfahrungsgemäß wurden Milizionäre, die ja keine Berufssoldaten waren, durch einen derart überraschenden taktischen Schachzug des Feindes überrumpelt, geschwächt und entmutigt. Außerdem befahl Santa Anna einigen seiner Offiziere, die Uniformen abzulegen, sich in die Stadt einzuschleichen und sich beim Feind als scheinbare Überläufer – Feinde Santa Annas und Verteidiger der Verfassung von 1824 – auszugeben. Als Berufssoldaten würden sie beim Feind willkommen sein und den Befehl über Truppenteile erhalten, die sie dann ins Verderben führen konnten, sobald die Kämpfe ausbrachen.

Im April 1835 sammelte Santa Anna, einundvierzig Jahre alt und auf dem Gipfel seiner Macht, die unter seinem Kommando stehenden Truppen bei Aguascalientes südlich der Stadt Zacatecas und begann mit einem langsamen, aber zielstrebigen Vormarsch in Richtung Norden. Am 10. Mai stand er vor den Toren der Rebellenstadt. Am Morgen des nächsten Tages begann er unverzüglich den Angriff auf Zacatecas, der mit einem überwältigenden Sieg endete, da die Attacke in den Rücken des Feindes und die Inkompetenz seiner gerade erst rekrutierten ›Offiziere‹ schnell dazu führten, daß die Stadt verteidigungsunfähig wurde, ungeachtet ihrer zählenmäßigen Überlegenheit an Menschen und Material.

Was nach der Schlacht geschah, macht die Grausamkeit der ›Vergeltungsmaßnahmen‹ Santa Annas deutlich: Er ließ seinen Männern bei deren brutalem, zügellosem Vandalismus freie Hand; ganze Stadtteile gingen in Flammen auf, nachdem sie zuvor ausgeplündert worden waren; zweitausendfünfhundert Frauen und an den Kampfhandlungen unbeteiligte Männer wurden ermordet. Ein ausländischer Beobachter berichtete später: »Unsere Familien waren die bevorzugten Ziele. Englische und amerikanische Ehemänner wurden erschlagen; ihren Frauen wurden die Kleider vom Leibe gerissen, und man trieb sie nackt durch die Straßen. Die Vergewaltigungen und Plünderungen hielten zwei Tage an, bis unsere einst so schöne Stadt nur noch ein brennender Trümmerhaufen war, in dem weinende und schreiende Menschen herumirrten.«

Zacatecas wurde so grausam heimgesucht, weil die dort lebenden Menschen ihre Meinung nicht so schnell geändert hatten, wie es bei General Santa Anna der Fall gewesen war. So machte bald der Ausspruch die Runde: »Das gleiche wird mit Tejas passieren, wenn es weiterhin so lautstark die Wiedereinführung der Verfassung von 1824 fordert.«

Als Berichte über das Massaker von Zacatecas nach Norden zu den Amerikanern drangen, die sich in Tejas niedergelassen hatten, fragten sich besorgte Einwohner: »Was wird wohl geschehen, wenn Santa Anna hier herauf marschiert, um uns seinen Willen aufzuzwingen?« Ihre Befürchtungen waren begründet: Noch bevor die Flammen erloschen waren, die Zacatecas verschlangen, hatte sich in der Hafenstadt Tampico ein sehr häßlicher Vorfall ereignet.

Eine buntgemischte Gruppe von ungefähr hundertfünfzig Abenteurern, sowohl Amerikaner als auch Mexikaner, war zufällig in New Orleans zusammengetroffen. Sie hatten den Plan ausgeheckt, den Schoner *Mary Jane* zu heuern und über den Golf von Mexiko nach Tampico zu segeln. Die Männer waren sicher, dort freiheitsliebende Mexikaner für ihr Ziel gewinnen zu können: einen Aufstand gegen die mörderische Tyrannei Santa Annas zu entfachen, die sich ja nur zu deutlich in der Zerstörung von Zacatecas widergespiegelt hatte. Es war ein verrückter Plan, der von dem Moment an zum Scheitern verurteilt war, als die jämmerlich navigierte *Mary Jane* auf eine Sandbank vor der Hafeneinfahrt Tampicos lief.

Die Verbündeten der Rebellen, die bereits an Land warteten und sich darauf verließen, daß ihnen die Herbeigesegelten zu Hilfe kamen, griffen die Garnison verfrüht an, da die Ankömmlinge hilflos an Bord des Schoners festsaßen. Die Rebellen wurden von der Garnison in Tampico mühelos niedergemacht. Dann rückten die Soldaten gegen den Schoner vor. Einunddreißig Möchtegern-Invasoren wurden festgenommen; drei Verwundete starben, und die übrigen achtundzwanzig wurden erschossen. Durch das enge zeitliche Zusammentreffen der Metzeleien von Zacatecas und Tampico aufgerüttelt, die jeder rechtlichen Grundlage entbehrten, verabschiedete die Zentralregierung eiligst eine drakonische Verordnung, die solchen Übergriffen einen legalen Anstrich geben sollten: das Gesetz vom Dezember 1835. Ausländer, die gefaßt wurden, wenn sie in mexikanisches Hoheitsgebiet eindrangen und Waffen gegen Mexiko erhoben, wurden als ›Piraten‹ betrachtet und grundsätzlich erschossen. Die Anwendung dieses drastischen Gesetzes sollte noch innerhalb der nächsten sechs Monate in Goliad, einer kleinen Ansiedlung in Tejas, verheerende Konsequenzen nach sich ziehen.

Wann ließ Sam Houston zum erstenmal ein persönliches Interesse an Tejas erkennen? Wie die meisten gebildeten Amerikaner, insbesondere diejenigen im Westen des Landes, muß er halbwegs über die Geschehnisse im nördlichsten mexikanischen Bundesstaat informiert gewesen sein. Er wird diese Entwicklungen gelegentlich verfolgt, zumeist aber ignoriert haben. Möglicherweise wußte er nichts über die Schlacht von Medina im Jahre 1813, da er sich zur damaligen Zeit an den Kämpfen gegen die Creek-Indianer in Alabama beteiligt hatte. 1822, im Alter von neunundzwanzig Jahren, war Houston zwar an Bodenspekulationen in Tejas beteiligt, aber nur als Kapitalanleger in einem Immobilienprojekt kleineren Maßstabs; er war an einem schnellen Dollar interessiert und nicht daran, sich in Tejas niederzulassen.

An jenem Abend im Jahre 1829 aber, als er enttäuscht und verzweifelt aus Tennessee flüchtete und an Deck des Schiffes stand, das ihn aus dem Staat, den er geliebt hatte, den Fluß hinunter ins selbstgewählte Exil brachte, trat etwas ein, das ihn schließlich in jene Richtung führen sollte:

Ich war zutiefst verzweifelt und verspürte das starke Verlangen, über Bord zu springen und meinem wertlosen Leben ein Ende zu machen. In diesem Augenblick aber stieß einige Meter neben mir ein Adler nieder, um sich dann mit unbändigem Gekreische wieder in die Lüfte zu erheben, bis er mit den Strahlen der untergehenden Sonne verschmolz. In diesem Augenblick erkannte ich, daß im Westen eine große Bestimmung auf mich wartete.

Ungeachtet dieses Vorzeichens blieb er drei Jahre bei seinen indianischen Freunden, bevor eine Verkettung verschiedener Umstände ihn dazu zwang, sich Gedanken über seine Zukunft zu machen. Seine alte Ruhelosigkeit erfaßte ihn wieder. Er fühlte sich in seinem Stolz verletzt, als er bei der Wahl des Stammesrates der Cherokee kandidierte und eine Niederlage einstecken mußte. Und nicht zuletzt besaß er noch immer ein schier unstillbares Verlangen, Menschen zu führen, sei es in der Politik oder auf dem Schlachtfeld; ein brennender Wunsch, der wieder in ihm aufflammte, als er die Karriere seines Vorbilds, General Jackson, verfolgte. Doch trotz dieser Ansporns wäre er vielleicht als trunksüchtiger Halbindianer in der Wildnis geblieben, hätte ihn nicht ein spektakuläres Ereignis regelrecht zurück in den Mittelpunkt des öffentlichen Interesses katapultiert.

Immer wenn Houston vor einer schweren Entscheidung stand oder Zeit brauchte, seine Gedanken in Ruhe zu ordnen, suchte er sich gern ein dikkes Stück Holz für irgendeine Schnitzarbeit; viele Freunde bekamen kunstvoll geschnitzte Spielzeuge und Gebrauchsgegenstände von ihm geschenkt. Im Januar 1832, als er durch Nashville gereist war, um geschäftliche Angelegenheiten für die Indianer abzuwickeln, hatte er nach einem Schößling zum Schnitzen gesucht. Er fand, was er brauchte, hackte den jungen Baum ab und fertigte sich daraus einen schweren Gehstock, den er fortan benutzte. Da er ein groß gewachsener Mann war, war es ein langer, dicker Stock, »ein knorriger Knüttel aus Hickory«, wie ein Freund ihn bezeichnete. Als Houston sich in Washington aufhielt, um sich als Privatmann für die Belange der Indianer einzusetzen, benutzte er den ›Knüttel‹ eines Abends, als er durch die Straßen der Stadt spazierte. Dabei begegnete er dem Kongreßabgeordneten aus Ohio, William Stanberry, einem Volksvertreter, der ihn einst im Kongreß herabgewürdigt und beleidigt hatte.

Houston hob den Knüttel und schwang ihn mit aller Kraft. Der Schlag schleuderte den kleinen Mann vom Gehsteig; Houston aber ließ nicht lokker und stürzte sich auf den Ärmsten, um die Sache zu einem Abschluß zu bringen. Congressman Stanberry zog eine Pistole, hielt sie Houston an die Brust und drückte ab, nur löste sich kein Schuß, und Houston drosch weiter auf den Mann ein und hätte ihn beinahe erschlagen.

Was eine solche Straftat anbelangte, waren die Verordnungen des Kongresses sehr streng – ein Angriff auf einen Abgeordneten wegen einer Rede, die dieser in den heiligen Hallen der Regierung gehalten hatte! Ein solches Rowdytum durfte man nicht ungestraft durchgehen lassen. Obwohl Präsident Jackson den ausdrücklichen Wunsch äußerte, Houston solle nicht bestraft werden, und obwohl der Kongreßabgeordnete Tennessees und spätere

Präsident der USA, James K. Polk, sich bemühte, ein Strafverfahren zu vermeiden, sprach das Haus sich mit überwältigender Mehrheit dafür aus, sein ehemaliges Mitglied Sam Houston aus dem neunten Distrikt Tennessees wegen tätlichen Angriffs auf einen ehemaligen Kollegen vor Gericht zu stellen, zumal dieser Kollege im Unterschied zu Houston noch immer dem Kongreß angehörte.

Der Prozeß gegen Houston erregte in Washington ein solches Aufsehen, daß es auch nach einem Monat noch immer nicht verebbt war. Houston, der befürchten mußte, hinter Gittern zu landen, falls das Kongreßtribunal sich entschließen sollte, den Fall einem ordentlichen Gericht zu übergeben, verpflichtete den besten verfügbaren Strafverteidiger, Scott Key aus Baltimore, der bereits eine Berühmtheit war, weil er den Text der Nationalhymne verfaßt hatte.

Keys ziemlich wacklige Verteidigung seines Mandanten stützte sich auf die Argumentation, daß Houston den Kongreßabgeordneten Stanberry zwar angegriffen und verprügelt habe, nicht aber wegen irgendeiner Bemerkung Stanberrys vor dem Kongreß; vielmehr habe der Angeklagte dem Abgeordneten nur deshalb den schweren Hickory-Gehstock mehrere Male auf den Kopf geschlagen, weil verschiedene Zeitungen gewisse Äußerungen Stanberrys abgedruckt hätten, die dieser in der Öffentlichkeit gemacht habe, und zwar als Privatmann, nicht in seiner Funktion als Abgeordneter.

Lobgesänge auf Houston einerseits und Beschimpfungen und Schmähungen gegen ihn andererseits hatten Hochkonjunktur; sein Name beherrschte die Titelseiten der Zeitungen überall in den Staaten. Er wurde als Prügelknabe hingestellt, der Schläge von der Regierung einstecken mußte. Houstons alter Freund Jackson mobilisierte sämtliche Kräfte, um dem Angeklagten zu helfen. Es war ein solcher Zirkusrummel, wie ihn nur eine junge Republik veranstalten konnte, und Sam Houston war der Zirkusdirektor. Jetzt wurde er wieder der Schauspieler von einst, und der Kongreß war sein Publikum. Houston stellte die ganze Angelegenheit regelrecht auf den Kopf: Aus dem Tribunal, vor dem sein rüpelhaftes Benehmen angeprangert werden sollte, wurde eine einzige Lobesfeier für die Dienste, die Houston dem Land einst geleistet hatte.

Die Rede, mit der er seinen guten Ruf zu verteidigen gedachte, zeigte den Schauspieler Houston in Hochform. Er hatte sich am Abend zuvor auf diese Rede vorbereitet, indem er sich vollaufen ließ, doch bei seinem Auftritt vor dem Kongreß – wieder halbwegs nüchtern – lieferte er eine glänzende Vorstellung. Er bezog sich in seiner Verteidigungsrede auf die Griechen, die Römer, Cromwell, den Zaren, Blackstone und den Apostel Paulus. Und als er mit den Schlußworten Ehre und Freiheit als höchste Güter pries, wurden ihm Blumengebinde zu Füßen geworfen; donnernder Applaus brandete auf, und eine Frau rief: »Lieber einen Sam Houston in einem Kerker als einen Stanberry auf einem Thron.«

Trotz der Lobeshymnen auf sich selbst wurde er für schuldig befunden; immerhin mit einer sehr viel kleineren Mehrheit als bei der vorausgegangenen Abstimmung darüber, ob man ihn anklagen solle oder nicht. Der Sprecher des Hohen Hauses, der sich am Abend zuvor als Saufkumpan des Angeklagten ebenfalls hatte vollaufen lassen, wurde angewiesen, Houston einen Verweis zu erteilen, was am 14. Mai 1832 in einem kurzen, sehr höflich formulierten Satz denn auch geschah.

Houston charakterisierte seine Rolle in dieser Geschichte wie folgt: »Ich war am Ende, und hätte man mich vor einen Friedensrichter gestellt und mich zu zehn Dollar Geldstrafe verurteilt, hätte man mich zugrunde gerichtet. Aber man gab mir die Chance, ein staatliches Tribunal in ein Theater zu verwandeln, und das hat mir wieder auf die Beine geholfen.« Der einstige Schauspieler hatte sich daran erinnert, wie man schauspielern mußte.

Congressman Stanberry, erbost über diese ungeheuerliche, skandalöse Rechtsbeugung, ließ gegen Houston Haftbefehl wegen schwerer Körperverletzung erwirken und ihn vor ein ordentliches Gericht schleifen, doch die Verhandlung schleppte sich unter strengster Geheimhaltung dahin, bis Houston schließlich der einfachen Körperverletzung für schuldig befunden und zu fünfhundert Dollar Geldstrafe verurteilt wurde – die Präsident Jackson ihm später erließ. Weil nur sehr wenige Leute davon wußten, daß diese zweite Gerichtsverhandlung überhaupt stattgefunden hatte, blieb Sam nach wie vor ein gefeierter Volksheld.

Man kann davon ausgehen, daß Houston, während er sich wegen der beiden Gerichtsverfahren gezwungenermaßen in Washington aufhielt, mit seinem Mentor, Präsident Jackson, auch die Lage in Tejas erörtert hat. Die Situation in Tejas war kompliziert. Im Zuge der Erschließung des nordamerikanischen Kontinents hatten die Franzosen Forschungsreisen unter anderem ins Mississippital unternommen und waren in dessen Besitz gelangt, während die spanischen Entdeckungsreisenden von Mexiko aus nach Norden auf das Territorium der späteren Vereinigten Staaten vorgestoßen waren und Ansprüche auf sämtliche westlich des Mississippi Valley gelegenen Gebiete angemeldet hatten. Im Jahre 1762 hatte Frankreich infolge der Niederlage auf europäischen Kriegsschauplätzen das riesige Territorium Louisianas an Spanien abtreten müssen; somit konnte Spanien nun Anspruch auf den größten Teil Nordamerikas erheben, und zwar auf das gesamte Gebiet westlich einer Grenzlinie, die in etwa dem Lauf des Mississippi entsprach.

Napoleon, der im Jahre 1803 so mächtig geworden war, daß er Spanien zwingen konnte, Louisiana wieder an Frankreich abzutreten, mußte seine Militärmacht später in einem solchen Maße auf europäischen Schlachtfeldern konzentrieren, daß er sich – verärgert über die Niederlage seiner Armee auf Haiti – in seinem gekränkten Stolz und weil die Notwendigkeit bestand, die Kriegskasse zu füllen, dazu entschloß, Frankreich aller verbliebenen Territorien in Nordamerika zu entledigen. Als er diese Gebiete den Vereinigten Staaten zum Kauf anbot, packte Thomas Jefferson die Gelegenheit beim Schopf und erwarb Louisiana und sämtliche noch nicht kartographierten Gebiete westlich des späteren US-Bundesstaates. Doch zum Zeitpunkt dieser geschäftlichen Transaktion kannte niemand den genauen Grenzverlauf; somit konnte keine klare Trennlinie zwischen den neu erworbenen amerikanischen Gebieten und den spanischen Territorien gezogen werden. In den darauffolgenden sechzehn Jahren, zwischen 1803 und 1819, drohten Spannungen und Reibereien an dieser unklaren Grenzlinie zum offenen Krieg zwischen den Vereinigten Staaten und Spanien zu führen.

Der Grund für die Streitigkeiten war leicht zu erklären. Hart schuftende amerikanische Jäger, Trapper und Händler, die entlang der Grenze Louisianas – wo immer diese Grenze auch verlaufen mochte – ihren Tätigkeiten nachgingen, blickten sehnsüchtig auf die üppigen, menschenleeren, brachliegenden Ebenen des spanischen Nordmexiko und versuchten beharrlich, weiter nach Westen vorzustoßen, nach Tejas, während die Mexikaner ihrerseits versuchten, die von ihnen beherrschten Gebiete so weit wie möglich nach Osten auszudehnen. Das unausweichliche Ergebnis war ein umstrittener Streifen Niemandsland, auf dem sich innerhalb kurzer Zeit Kriminelle, Abenteurer, Schmuggler und ein paar wenige ehrliche Siedler tummelten, die auf der Suche nach einem Stück Grund und Boden waren, das ihnen rechtmäßig zugeteilt werden konnte.

Irgend etwas mußte unternommen werden, damit die Spannungen sich nicht zu einem Krieg ausweiteten. Durch den Abschluß eines umsichtigen Vertrages zwischen Spanien und den Vereinigten Staaten im Jahre 1821 wurde Florida den USA zugeschlagen; im Gegenzug wurde die Louisiana-Tejas-Grenze in einer Weise festgelegt, daß sie Spanien erhebliche Gebiete sicherte; was wiederum zur Folge hatte, daß später auch Mexiko von diesem Abkommen profitierte. Die Grenzfestlegung orientierte sich am Lauf des Sabine River, dessen Ostufer nun die Grenze zu Mexiko bildete, sowie entlang des Red River, der den nördlichen Grenzverlauf markierte. Obgleich diese Festlegung endgültig war, entsprach sie den wahren Gegebenheiten nicht, ja, sie war gar nicht realisierbar, denn der amerikanische Verhandlungsvertreter, der sich bei der Grenzfestlegung ohnehin auf fehlerhafte Landkarten gestützt hatte, trat Gebiete an die Spanier ab, die er nie gesehen und deren Wesen er nicht begriffen hatte; es waren Gebiete, die Territorium der Vereinigten Staaten hätten bleiben müssen, als Teil Louisianas. Erneut wurden Verhandlungen mit Mexiko geführt, um die Grenze nach Westen vorzuschieben, doch sie blieben ohne Erfolg. Letztendlich blieb es Sache der Texikaner, dieses Problem selbst aus der Welt zu schaffen – mit Waffengewalt.

Was die Vereinigten Staaten betraf, kam noch ein weiteres Erschwernis hinzu. In Tejas ließen sich in jenen Jahren immer mehr Einwanderer aus Staaten wie Tennessee, Alabama und Mississippi nieder, und diese Siedler neigten dazu, für die Sklaverei einzutreten, ob sie nun selbst Sklaven besaßen oder nicht. Sollte also der Fall eintreten, daß die Vereinigten Staaten Tejas von Mexiko erwarben oder eroberten und als neuen Bundesstaat in die Union aufnahmen, würden wahrscheinlich zwei neue Senatoren nach Washington entsandt, die sich zu Fürsprechern der Sklaverei machten, und vielleicht drei Kongreßabgeordnete. Dies aber würde das empfindliche Gleichgewicht zwischen den Befürwortern und den Gegnern der Sklaverei ins Schwanken bringen.

Einer der vehementesten Gegner der Sklavenhaltung war der aus dem Norden der Staaten stammende John Quincy Adams, jener Mann, der den Vertrag vereinbart hatte, durch den die Vereinigten Staaten in den Besitz Floridas gelangt waren und der Spanien die territorialen Vorteile an der Louisiana-Tejas-Grenze verschafft hatte. Dieser einflußreiche Politiker hoffte darauf, daß der Frieden gewahrt blieb, den sein Vertrag herbeigeführt hatte. Daher war er Männern wie Präsident Jackson und dessen altem Kameraden Sam Houston gegenüber mißtrauisch. Er hatte die beiden gar im Verdacht – in Jacksons Fall zu Unrecht –, daß sie versuchten, die Texikaner zu militärischen Aktionen aufzuwiegeln, die vielleicht zu einem Krieg und zur Eingliederung von Tejas in die Vereinigten Staaten führten. Daher konnte er immer wieder Gründe vorbringen, die es ihm ermöglichten, sich gegen jedes riskante Vorhaben Houstons zu stellen, das möglicherweise einen Krieg ausgelöst und zur Bildung eines neuen amerikanischen Sklavenstaates (oder einem Verbund kleinerer Staaten) auf dem Territorium von Tejas geführt hätte.

Manchmal hatte es den Anschein, daß Adams alles unternahm, was er nur konnte, um mexikanische Interessen zu unterstützen und Texas in Mißkredit zu bringen. Er war ein eigensinniger Mann; der einzige Präsident der Vereinigten Staaten, der bescheiden genug gewesen ist, nach Ablauf seiner Amtszeit wieder ins politisch vergleichsweise bedeutungslose Repräsentantenhaus zurückzukehren;[4] im Alter wurde Adams eines seiner herausragendsten Mitglieder.

Neben John Quincy Adams hatte Houston einen zweiten lebenslangen Gegner: den hartnäckigen John C. Calhoun, jenen altgedienten Senator aus Tennessee, mit dem Houston in Washington die heftige Auseinandersetzung wegen seiner Cherokee-Freunde gehabt hatte, als Calhoun noch Kriegsminister gewesen war. Wann immer sich diese beiden Männer über den Weg liefen, gerieten sie sich in die Haare.

Houstons dritter Todfeind, wenngleich noch nicht als solcher erkennbar, scharte derweil immer größere Kräfte um sich. In Mexiko unternahm General Santa Anna in jenen Jahren die Schritte, die schließlich zum militärischen Zusammenstoß mit Houston führen sollten.

Die nordamerikanische Geschichte in den Jahren 1832–1845 wurde wesentlich durch eine Aneinanderreihung von Gefechten und Schlachten zwischen diesen mächtigen Männern bestimmt. Santa Anna war der gerissenste, der gewissenloseste; ein opportunistischer Demagoge. Jeder, der sich diesem Mann zu widersetzen wagte, mußte sehr auf der Hut sein, oder der wackere Mexikaner ließ ihn bedenkenlos aus dem Weg räumen. Calhoun war der intelligenteste, ohne Frage. Adams war der charaktervollste, ein Mann mit hohen moralischen Prinzipien, aber engstirnig, verbohrt und in vielerlei Hinsicht selbst sein schlimmster Feind. Sam Houston war der ehrenhafteste, weiseste und besaß vielleicht den größten Scharfblick, war aber gleichermaßen verschlagen; ein Mann, der auf seine Chance warten konnte und der, um militärische Begriffe zu benutzen, eine Stellung nach der anderen zu opfern bereit war, sofern er sich dadurch dem Angriffsziel näherte, und es auch hinnahm, kleine Gefechte zu verlieren, wenn er auf diese Weise die Schlacht gewinnen konnte.

Diese vier Kontrahenten verloren zwar viele Schlachten, wie es vielen tüchtigen Männern ergeht, doch alle vier errangen auch unsterbliche Siege, wie es nur wenige hervorragende Männer schaffen.

Wir wissen heute, daß Sam Houston 1832 erneut den Versuch unternahm, mit Landbesitz in Tejas zu spekulieren; eine durchaus gängige Praxis, seit George Washington und die meisten Unterzeichner der Unabhängigkeitserklärung im amerikanischen Westen Bodenspekulationen getätigt hatten. Außerdem wurde Houston eine Art Makler in Diensten der Galveston Bay and Texas Land Company (die übrigens Hunderten von Familien, die sich in Tejas ansiedeln wollten, finanzielle Verluste bescherte). Jedenfalls hatte Houston großes Interesse an tejanischem Grund und Boden.

Im Dezember 1832 betrat er bei Fort Towson zum erstenmal tejanisches Gebiet. Er trug einen Paß bei sich, in dem seine Körpergröße mit ein Meter achtundachtzig angegeben wurde, obwohl er behauptete, mindestens eins vierundneunzig groß zu sein. Er reiste in der Funktion als Anwalt nach Tejas und war mit zwei Aufträgen betraut worden; der eine war offiziell und allgemein bekannt, der andere geheim. Als Vertreter der Cherokee ritt er bis San Antonio hinunter, um sich mit dem kriegerischen Indianerstamm der Comanchen zu treffen, mit denen er eine Waffenruhe zu vereinbaren suchte – dies war der offizielle Auftrag. Zum anderen war er als Vertreter Präsident Jacksons nach Tejas eingereist, um die dortige politische Lage zu erkunden und dem Präsidenten zu berichten, wie groß die Wahrscheinlichkeit eines Aufstandes gegen die mexikanische Regierung war – soweit der geheime Teil.

Man kann mit ziemlicher Sicherheit davon ausgehen, daß Houston die Möglichkeit eines solchen Aufstandes schon zu einem recht frühen Zeitpunkt vorausgesehen hat; doch mit weit größerer Wahrscheinlichkeit hat Präsident Jackson sich geweigert, die Texikaner zur Rebellion zu ermutigen oder einen Aufstand zu unterstützen.

Jedenfalls müssen die Aussichten in Tejas für einen Mann wie Houston vielversprechend gewesen sein – einen Mann, der bereit war, die Risiken auf sich zu nehmen, in unruhigen Gewässern zu fischen. Daher schloß er seine Verhandlungen mit den Indianern ab und versuchte, eigenen Grundbesitz in Tejas zu erwerben. Elias Rector, ein Regierungsbeamter und zum damaligen Zeitpunkt Weggefährte Houstons, hat später einen Eid darauf geleistet, daß vor Houstons Abreise folgendes Gespräch stattgefunden hat:

> *Elias Rector:* Houston, ich möchte Ihnen etwas geben, bevor sich unsere Wege trennen, nämlich meinen Rasierer. Ich kann Ihnen nichts anderes anbieten, das sich als Geschenk eignet.
>
> *Sam Houston:* Rector, ich nehme Ihr Geschenk gern an, und eins kann ich Ihnen sagen: Falls ich Glück habe, wird dieser Rasierer eines Tages das Kinn des Präsidenten der Republik rasieren.

Andere, denen Rector diese Geschichte unmittelbar nach dem Gespräch erzählt haben soll, gaben später zu Protokoll, daß Houstons letzte Äußerung noch hochtrabender gewesen sei:

> *Sam Houston:* Elias, merken Sie sich meine Worte. Ich werde schon bald Präsident einer großen Republik sein. Ich werde diese Republik in die Vereinigten Staaten einfügen, und wenn

man mich nicht genauestens im Auge behält, werde ich in kurzer Zeit als Präsident unserer Nation im Weißen Haus sitzen.

Im Jahre 1833 gelangte Houston nach Nacogdoches, ließ sich dort vorübergehend nieder und wurde sogar Vertreter dieses Gebietes in einer konstitutionellen Versammlung, bei der er als nüchterner, verantwortungsbewußter Mann auftrat, der zur Vorsicht mahnte. Es kursierte das Gerücht, daß er seine indianische Frau, Tiana Rogers, gebeten hatte, aus Arkansas zu ihm zu kommen, doch sie erschien nicht.

Offenbar hatte Houston aber nicht so viel Geschmack am Leben in Tejas gefunden, als daß er für immer in dieser unruhigen Gegend hätte bleiben wollen. Gegen Ende des Jahres 1833 hielt er sich wieder unter seinen Cherokee-Freunden auf. Bereits 1834 aber kehrte er nach Mexiko zurück. Diesmal war er so fest entschlossen, sich größeren Grundbesitz anzueignen, daß er bereit war, zum katholischen Glauben zu konvertieren, um Grund und Boden erwerben zu können – eine rein zweckgebundene und keinesfalls religiös begründete Entscheidung.

Jahrzehnte zuvor, als die mexikanische Regierung beobachtet hatte, wie die ersten amerikanischen Siedlergruppen postestantischer Religionszugehörigkeit in Tejas eingeströmt waren, hatte die Regierung ein Gesetz verabschiedet, das die katholische Religion schützen sollte: »Wenn ihr hier freies Land haben wollt, müßt ihr zum katholischen Glauben konvertieren.« Dreien der herausragendsten Amerikaner in Tejas – seinem Begründer Stephen Austin, seinem Beschützer Jim Bowie und seinem Führer Sam Houston – wurde der Vorwurf gemacht, nur deshalb zum katholischen Glauben übergetreten zu sein, um Grundbesitz erwerben zu können. Dieser Vorwurf ist berechtigt, doch Houston war der einzige, der die Konsequenzen zog: Kaum hatte er seinen Grundbesitz bekommen, wandte er wieder dem strengen Protestantismus Tennessees zu.

Und nun schrieb Houston zwei wichtige Briefe, die seine Fähigkeit beweisen, sachliche Einschätzungen komplexer Situationen vorzunehmen. In einem dieser Briefe machte er vier scharfsinnige Bemerkungen: (1) Die Lage in Tejas kann nicht so bleiben, wie sie momentan ist. (2) Tejas wird während der Amtszeit von General Jackson nicht von den Vereinigten Staaten erworben werden, weil das Ehrgefühl des Präsidenten ihm ein solches Unterfangen nicht erlaubt. (3) Selbst wenn Tejas durch einen Vertrag erworben werden sollte, würde der derzeitige Senat dem Anschluß Tejas' als Bundesstaat aufgrund des Sklavenproblems nicht zustimmen. (4) Tejas muß sich um sich selbst kümmern und für sich selbst sorgen. Dann werden in diesem Staat binnen eines Jahres Veränderungen eintreten, die für seine Zukunft von Bedeutung und seinem Wohlstand zuträglich sind.

In dem anderen Brief prophezeite Houston sogar noch unverblümter, daß Tejas vor Ablauf eines Jahres innerhalb des mexikanischen Staatsgefüges die Selbständigkeit erlangen und sich binnen drei Jahren unwiderruflich von Mexiko loslösen wird.

Seine Bemerkungen zeugen von außerordentlicher Weitsicht und einem tiefen Einfühlungsvermögen, was sowohl die amerikanische als auch die mexikanische Mentalität betrifft. Doch als Houston seine eigene Zukunft zur Sprache brachte, nahm er entweder eine grobe Fehleinschätzung vor oder griff zu einer Lüge, denn beiden erwähnten Briefen fügte er folgende widersprüchliche Bemerkung hinzu:

> Viele Menschen sind der Meinung, daß man von unserer Seite aus gewisse Schritte in die Wege leiten möchte, doch was das betrifft, werden ihre Voraussagen sich als überflüssig erweisen, das kann ich Ihnen versichern! Sie müssen sich darauf verlassen, daß der Weg, den ich einschlage, den wahren Interessen Tejas' dient (wie ich glaube), und falls dieser Weg sich so beschreiten läßt, wie er beschritten werden sollte, wird das Staatenbündnis der mexikanischen Konföderation unangetastet bleiben.

Die Tatsache, daß Houston vorübergehend zum im Mexiko vorherrschenden Katholizismus konvertierte und bemüht war, sich den dortigen Lebensgewohnheiten anzupassen, erlauben die Schlußfolgerung, daß seine Absichten ehrbarer Natur gewesen sind, zumindest nach außen hin, doch sein Auftreten in Tejas führte ihn Schritt für Schritt unweigerlich in eine Richtung, die in Revolution enden mußte. Zuerst berief er sich nur darauf, daß der Staat Coahuila-y-Tejas gemäß der Verfassung von 1824 das Recht besäße, sich in zwei Einzelstaaten aufzuspalten, und machte sich zum Fürsprecher eine solchen Teilung: Coahuila, mit der Hauptstadt Saltillo, sollte südlich des Nueces River liegen; Tejas, mit San Felipe de Austin oder einem ähnlich bedeutenden Ort als Hauptstadt, nördlich des Stromes. Er schrieb nach New Orleans und regte an, daß schnellstmöglich Freiwillige nach Tejas eilen sollten, um die Teilung des Staates zu beschleunigen; zudem begann er die mexikanische Regierung in scharf formulierten Appellen auf ihre Verpflichtungen hinzuweisen und schließlich offene Herausforderungen an Mexiko City zu richten. In seiner Vorliebe für den blumenreichen *pronunciamento* ähnelte er Santa Anna, doch es ist ernüchternd, feststellen zu müssen, daß Houstons Aufruf und alle ähnlichen Appelle, die aus Tejas kamen, zwar zuerst immer den Patriotismus und die Verteidigung der Freiheit betonten, dann aber die Adressaten stets darauf hinwiesen, daß viel fruchtbarer Grund und Boden auf sie wartete, falls sie als bewaffnete, kampfbereite Freiwillige nach Tejas eilten. Patriotismus und Profit ließen sich im damaligen Tejas gut unter einen Hut bringen.

Da die amerikanischen Immigranten nur einen schmalen Streifen von Tejas bewohnten – einen Landstrich, der sich von der nördlichen Küste des Golfs von Mexiko ins Binnenland erstreckte –, kannten die meisten Siedler sich untereinander. Auch Houston kam nun mit vier Immigranten in Kontakt, deren Leben schon binnen weniger erschütternder Wochen aufs engste mit dem seinen verknüpft sein sollte – Wochen, in deren Verlauf ein neuer Staat geschmiedet wurde.

Jim Bowie, ein vierzig Jahre alter Grenzläufer aus Tennessee, lebte seit 1828 in Tejas und hatte, nachdem er zum katholischen Glauben übergetreten war, in eine angesehene mexikanische Familie eingeheiratet. Sein Ruf war zweifelhaft; er galt als gewalttätig und war ein berühmter Kämpfer mit dem furchteinflößenden Messer mit dreißig Zentimeter langer Klinge, das mittlerweile seinen Namen trug – Bowie-Knife –; ein Mann, der in den Bayous Louisianas, den sumpfigen Nebenarmen der Flüsse, mit Alligatoren gerungen und in der Wüste nach Silbervorkommen gesucht hatte und nun eine Baumwollspinnerei in Coahuila betrieb; ein Sklavenhalter, Grundbesitzer, Patriot. Ein impulsiver und mutiger Mann, der zwar nie den Kampf suchte, aber auch keinem Gegner, keiner Gefahr auswich, die sich ihm in den Weg stellte. Er hatte mindestens einen Mann im Messerduell getötet – und wahrscheinlich noch einige mehr. Seine bildschöne mexikanische Frau war 1833, nach nur zwei Ehejahren, an der Cholera gestorben, die damals diese Gegend heimgesucht hatte. Bowie war verzweifelt, einsam und voller Unrast und Abenteuerlust.

Davy Crockett war älter als Houston und Bowie. Er wurde 1786 in Ost-Tennessee geboren, war wie Houston hochgewachsen und war ebenfalls als Abgeordneter Tennessees – für drei Amtsperioden – in den Kongreß gewählt worden, in dem er sich als Nationalrepublikaner hervortat, der sich weigerte, vor den engstirnigen Wünschen seiner Wählerschaft oder vor der Amtsgewalt Präsident Jacksons, eines Demokraten, zu katzbuckeln. Als seine feurig verteidigte Liebe zur Unabhängigkeit und Freiheit ihn schließlich den Sitz im Kongreß kostete, sagte er seinen Wählern: »Ihr könnt von mir aus allesamt zur Hölle gehen, ich gehe nach Texas.« Wie viele andere Männer, die in jenen Jahren Niederlagen einstecken mußten, brach er alle Brücken hinter sich ab, ließ seine Familie zurück und suchte das große Abenteuer, das es damals noch in Tejas zu erleben gab. Crockett war eine schillernde Gestalt, ein weithin berühmter Grenzer; er hatte im gesamten Südosten gegen Indianer gekämpft und behauptete unter anderem, innerhalb von acht Monaten mehr als einhundert Bären erlegt zu haben. Er überquerte die Grenze nach Tejas am letzten Dezembertag des Jahres 1835.

William Travis war der jüngste der vier Männer, erst sechsundzwanzig Jahre alt, ein launischer, ziemlich heruntergekommener Anwalt aus South Carolina. Wie Davy Crockett hatte auch er Frau und Kinder sitzen lassen; in seinem Fall aber unter mildernden Umständen: Travis war allem Anschein nach nicht bereitwillig aus der kleinen Stadt in Alabama geflohen, in der er gelebt hatte; er hatte einen Mann ermordet, dem nachgesagt wurde, der Liebhaber seiner Frau zu sein. Das zweite Kind dieser Frau – ein Mädchen, das erst geboren wurde, als Travis seine Frau bereits verlassen hatte – war vermutlich das Kind eines anderen. Jedenfalls kam er 1831 allein nach Tejas und ließ in einer eidesstattlichen Erklärung verlauten, daß er Junggeselle sei; später gab er jedoch an, Witwer zu sein. Als seine Frau versuchte, sich mit ihm zu versöhnen, zeigte er ihr die kalte Schulter und ließ sich statt dessen von ihr scheiden. Diesem kampflustigen, temperamentvollen und mutigen Mann wurde in der Rebellenarmee, einer nicht regulären Truppe, das Offizierspatent verliehen, nachdem er General Houston freiwillig seine Dienste angeboten hatte. Houston hatte erkannt, daß Travis ein Mann war, der sich nur schwer unterzuordnen vermochte, auf den man sich in Krisensituationen aber blindlings verlassen konnte. William Travis, dieser widerspenstige Mann aus zerrütteten Verhältnissen, verfaßte später, im Angesicht des Todes, einen der erschütterndsten, berühmtesten Briefe der amerikanischen Geschichte, eine Botschaft, deren erhabene Worte für alle Zeiten in Texas widerhallen werden.

James Walker Fannin, Jr., der spätere Märtyrer und Held von Goliad, war am Vorabend der Revolution erst einunddreißig Jahre alt. Er ist zweifellos neben Houston derjenige dieser vier Männer, der am schwierigsten zu beschreiben und begreifen ist. Fannin stammte aus Georgia und war Absolvent der Militärakademie West Point, hatte dann aber nach zwei für ihn unbefriedigenden Jahren den Dienst in der Armee quittiert; er betrachtete sich aber aufgrund seiner Eliteausbildung als militärisches Genie. In argen Geldnöten hatte er einige Jahre zuvor, wie übrigens auch Jim Bowie, illegal afrikanische Sklaven über Kuba und Georgia nach Tejas eingeschleust. Als Fannin im Jahre 1834 nach Tejas immigrierte, wurde er von seiner Frau und seinen beiden Töchtern begleitet. Er war ein sehr von sich eingenommener Mann und hoffte darauf, zum kommandierenden General der Revolutionstruppen ernannt zu werden. Doch als man ihm dies verweigerte und statt dessen Sam Houston von der provisorischen Regierung des Staates Tejas mit dem Oberbefehl der Streitkräfte betraut wurde, rebellierte Fannin nicht; er ballte nur die Faust in der Tasche und erwies sich später bei jeder Aufgabe, die ihm übertragen wurde, als außergewöhnlich tatkräftig und entschlossen. Zudem versuchte er, durch intensiven Briefwechsel West-Point-Offiziere für die Tejas-Armee zu gewinnen. Fannin war von vorbildlicher Tapferkeit; ein Mann, der wie Houston dazu neigte, unkonventionelle Wege zu beschreiten. Er war ein fähiger, wenn auch in seinen Entscheidungen manchmal undurchsichtiger und sprunghafter militärischer Führer.

In Tejas lebten in den letzten Monaten des Jahres 1835 viele solcher Amerikaner von impulsivem, eigenwilligem Naturell. Die meisten von ihnen waren erst seit wenigen Jahren in diesem mexikanischen Bundesstaat ansässig; manche hatten dort sogar nur wenige Monate oder gar Wochen verbracht. Das Verhältnis zwischen den Amerikanern und der konkurrierenden Volksgruppe, den in Mexiko gebürtigen Menschen unterschiedlicher Rassenzugehörigkeit, spiegelt sich in ihren jeweiligen Meinungen wider. So betrachteten die Mexikaner, insbesondere die in Spanien geborenen *peninsulares* sowie diejenigen *criollos*, die – obwohl gebürtige Mexikaner – starke Bindungen zur europäischen Kolonialmacht besaßen, die Amerikaner als Eindringlinge im spanisch geprägten Coahuila-y-Tejas, als Menschen, denen es an Würde, Kultur und geistigen Fähigkeiten mangelte. Oftmals haben die Verteidiger der spanischen Pracht und Herrlichkeit die Amerikaner schlichtweg als ungebildete Barbaren und Ungläubige bezeichnet.

Doch auch die Amerikaner machten aus der Verachtung ihrer Widersacher keinen Hehl. Eine junge Lehrerin aus Tejas brachte dies in folgendem Vergleich sehr deutlich zum Ausdruck:

> Die angeborenen Fähigkeiten der menschlichen Rassen sind unveränderlich und prägen ein jedes ihrer Individuen. Angloamerikaner sind zäher, unerschrockener und belastbarer als alle anderen Rassen. Ausgestattet mit einer un-

> glaublichen und unerschöpflichen Energie, lassen sie sich niemals durch Rückschläge entmutigen, wie ernst oder gar niederschmetternd sie auch sein mögen, sondern gehen unbeirrt ihren Weg. Dem gegenüber sind die Mexikaner von heute sozusagen Mischlinge aus mehreren niederen und minderen Rassen; Mischungen und Kreuzungen aus Afrikanern und Indianern, und sogar das alte spanische Blut ist vermischt mit dem der Mauren und zersetzt durch eine Jahrhunderte währende Trägkeit und politische Korruption; sowohl körperlich als auch geistig sind sie das genaue Gegenteil des Angloamerikaners. Sie sind in dem Maße schwach, wie er stark ist; sie fliehen, wo er sich zum Kampf stellt.

Es sollte diesen so von sich eingenommenen und über die Maßen selbstbewußten Amerikanern einen Schock versetzen, als sie feststellen mußten, daß die verachteten Mexikaner bei den ersten militärischen Auseinandersetzungen die Oberhand behielten. General Santa Anna und seine Stabsoffiziere wußten sehr wohl, wie man kämpfen mußte und wie man siegte. Die Amerikaner konnten nur eine der ganz großen Schlachten für sich entscheiden; diejenige, auf die es ankam: die letzte.

Präsident Santa Anna war sich im klaren darüber, daß er als Staatsoberhaupt Mexikos irgendeine spektakuläre Aktion unternehmen mußte, um die aufmüpfigen Yankees zur Vernunft zu bringen. Daher schickte er seinen jungen Schwager, General Martín Cós, nach San Antonio de Béxar, um die Amerikaner zurechtzustutzen.

General Cós, einer von vielen farblosen Offizieren, der seinen Rang vermutlich eher der Vetternwirtschaft als seinen Fähigkeiten verdankte, zog mit lautem Fanfarengeschmetter und Säbelrasseln sowie einer militärischen Vollmacht nach Norden, in der ihm das Recht verliehen wurde, das Amt des Gouverneurs anzutreten. Er stellte jedoch fest, daß er zuerst einmal den Streit zwischen zwei Städten in Coahuila schlichten mußte, die beide den Anspruch erhoben, die Hauptstadt des riesigen Staates zu sein: zum einen Saltillo, wo man Santa Annas Ansicht unterstützte, daß Mexiko eine starke Zentralregierung brauche, zum anderen das unweit Saltillos gelegene Monclova, wo man den Föderalismus verteidigte. Cós stellte sich natürlich auf die Seite Saltillos und damit seines Verwandten Santa Anna.

Nachdem er mit seinen Truppen das Hauptstadtproblem zugunsten Saltillos aus der Welt geschafft hatte, zog Cós weiter in den nördlichen Teil des Staates mit dem klangvollen Doppelnamen Coahuila-y-Tejas. Nachdem er in Tejas eingerückt war, ließ er verkünden, daß er alle Amerikaner verjagen wolle, die seit 1830 in dieses Gebiet eingedrungen seien. Diese Drohung schloß natürlich auch Houston, Travis und Fannin ein, desgleichen Männer wie Crockett, der noch gar nicht über die Grenze nach Tejas gekommen war. Außerdem wollte er sämtliche Verfechter des Föderalismus hinter Gitter bringen, da man sie verdächtigte, sich gegen die neue zentralistische Verfassung gestellt zu haben. Nach den Vorfällen in Zacatecas und Tampico zu urteilen, würde man die Verdächtigen kurzerhand erschießen.

General Cós schien auf dem besten Weg zu sein, die noch in den Anfängen befindliche, schwelende

Rebellion auch ohne Hilfe seines Schwagers zu ersticken, als er in Béxar von einer bunt zusammengewürfelten Miliztruppe angegriffen wurde, die sich aus entschlossenen Bürgern dieser Stadt rekrutierte. Sie jagten Cós und dessen Armee nicht nur aus Béxar hinaus, sondern gleich über die tejanische Grenze hinweg. Das ausgezeichnete Gespür für Taktik und die militärische Ordnung, die diese Rebellen an den Tag legten, hätte die Verantwortlichen in Mexiko City eigentlich alarmieren müssen; schließlich mußten sie ja damit rechnen, daß auch andere Siedlermilizen solche Fähigkeiten und eine vergleichbare Kampfmoral besaßen.

Bis heute ist es den Historikern nicht völlig gelungen, die verworrenen Geschehnisse nach dieser unerwarteten Niederlage der Mexikaner zu klären. Die siegreichen Texikaner – ein Name, der damals aufkam – gestatteten Cós und dessen Truppen jedenfalls den unbehelligten Abzug nach Süden, ohne weitere Angriffe, denn die mexikanischen Offiziere hatten das feierliche Versprechen gegeben – schriftlich, wie in manchen Quellen angegeben wird –, Tejas zu verlassen. Soviel steht fest. Später behaupteten die Texikaner jedoch, die Mexikaner hätten außerdem die feste Zusage gemacht, nie mehr den Rio Grande nach Norden hin zu überschreiten und die Waffen gegen die Siedler zu erheben, die zu diesem Zeitpunkt – Ende des Jahres 1835 – nur einen eigenen, unabhängigen Staat Tejas forderten, ohne Coahuila im Süden, sowie die Garantie aller in der Verfassung von 1824 verbrieften Freiheiten.

Dieser Forderung konnte Santa Anna nicht nachgeben. Genausowenig konnte er die Zusage seines Schwagers gutheißen, nie wieder gegen die

Tejanos zu kämpfen. »Zur Hölle mit vagen Versprechungen!« rief Santa Anna. »Deine Männer werden sich meinen Armeen anschließen. Wir werden in Tejas einmarschieren und ihm den Kopf abschlagen.« Und mit diesem schrecklichen Vorsatz begann er für den Marsch nach Norden zu rüsten – und für die militärische Auseinandersetzung mit General Houston, dem berühmten Grenzer Davy Crockett, dem verkrachten Anwalt William Travis, dem Möchtegern-General James Fannin und dem Messerschwinger Jim Bowie, der durch seine verstorbene Frau einer angesehenen mexikanischen Familie angehörte.

Als ehrende Auszeichnung für die Plünderung und Vernichtung von Zacatecas war Präsident Santa Anna zum Oberbefehlshaber der Streitkräfte befördert worden; außerdem hatte man ihm den überschwenglichen Titel *Benemérito en Grado Heroico* verliehen. Gerüchte besagten, daß man ihm den noch bombastischeren Titel *Benemérito Universal y Perpetuo* verleihen würde, falls es ihm gelang, die Tejanos zu unterwerfen.

Folglich verbrachte er den Spätherbst des Jahres 1835 damit, seine Armee für einen Generalangriff auf diese ärgerlichen, unverschämten Sezessionisten vorzubereiten, die sich inzwischen als Texikaner bezeichneten. Kaum einer dieser Anglos war in Tejas geboren, und viele hielten sich erst seit weniger als einem Jahr dort auf. Er stimmte mit einem seiner Offiziere überein, der ihm versichert hatte: »Die sind militärisch kaum besser als der Pöbel, den Sie und General Arredondo 1813 in Medina geschlagen haben. Halsabschneider, die aus amerikanischen Gefängnissen geflohen, und Abenteuerer, die mit Dampfern über den Mississippi nach Tejas gekommen sind, und korrupte Händler aus Louisiana und, das muß ich eingestehen, ein paar ehrliche Farmer aus Kentucky, Tennessee und Alabama.«

Was Santa Anna besonders in Rage versetzte, war die überraschend große Zahl von Siedlern mit spanischen Namen, die für die Anglos Partei ergriffen; darunter viele kluge, verständige und gebildete Männer wie Lorenzo de Zavala, der vor Jahren ein enger Freund Santa Annas gewesen war, als dieser noch liberale politische Ansichten vertrat. Er hatte dann drei Jahre als Häftling in San Juan de Ulúa verbracht, der Festung in der Bucht von Veracruz, war Abgeordneter der *cortes* in Spanien gewesen, Mitglied des Senats, Gesandter in Frankreich und Gouverneur des Staates Mexiko; er war seinerzeit einer der fähigsten und bedeutendsten Männer seines Landes. Daß Santa Anna die liberale Verfassung von 1824 mit Füßen getreten und durch eine neue, zentralistische Verfassung ersetzt hatte, machte de Zavala zu seinem enttäuschten und erbitterten Gegner. Also flüchtete er nach Norden, um sich den Aufständischen in Tejas anzuschließen.

Worüber regt ein Mann wie er, fragte Santa Anna, sich eigentlich so auf? Es gab indes noch viele andere, die genauso dachten wie de Zavala, und der Diktator war entschlossen, sie allesamt gefangennehmen und erschießen zu lassen. Um die Auswahl der Todeskandidaten zu vereinfachen, war er auf den Gedanken verfallen, schlichtweg jeden exekutieren zu lassen, der sich geweigert hatte, seine sprunghaften, radikalen politischen Schwenks mitzumachen: »Ich gebe die Marschrichtung vor, und Männer wie Zavala hatten die Pflicht, sich der Kolonne anzuschließen.«

Während dieses kritischen Jahres der Vorbereitung auf den großen Feldzug ermahnte Santa Anna seine Untergebenen immer wieder: »Zacatecas war erst der Anfang.« Auf der Karte bezeichnete er jene Orte, die er in den bevorstehenden Schlachten vernichten wollte: »San Antonio de Béxar, Nacogdoches, San Felipe de Austin, Victoria ... sie alle müssen unseren Zorn zu spüren bekommen.«

Da die mexikanische Armee während ihres Feldzugs einige ungewöhnliche Höhen und Tiefen erlebte, muß man ihre einzigartige Zusammensetzung kennen. Es war ein riesiger Heerhaufen, der sich aus schlecht ausgebildeten Zwangsverpflichteten zusammensetzte. Viele von ihnen waren Analphabeten, Bauern aus abgelegenen ländlichen Gegenden, die nicht einmal Uniform trugen; dieses gewaltige Heer wurde von einem militärisch hervorragend geschulten Corps aus Berufsoffizieren geführt. Schon die Offiziere mittleren Dienstgrades waren erstklassig; der gemeine Infanterist hingegen bloßes Kanonenfutter. Die Kavallerie war die beste in der Neuen Welt; die Artillerie war jämmerlich. Unter den Generälen gab es viele zwielichtige Gestalten; einige waren militärisch so begabt wie Santa Anna, die meisten jedoch waren unfähige Opportunisten, die ihre Armee als private Goldmine mißbrauchten. Einheiten wie die Sanitätstruppen, die Pioniere und die Versorgungs- und Nachschubtruppen, sofern es sie bei den verschiedenen Heereseinheiten überhaupt gab, waren klägliche Haufen. Dennoch wurde im Verlauf der Schlachten, die diese Armee noch schlagen sollte, eines deutlich: Einige Offiziere und Mannschaften gehörten zu den tapfersten Soldaten, die der gesamte texanisch-mexikanische Krieg gesehen hat, und ihr Mut und ihre Fähigkeiten waren der Grund für die vielen Siege der mexikanischen Streitkräfte.

Die mexikanische Armee mußte unter erheblichen Erschwernissen kämpfen. Da die Zentralregierung unter chronischem Bankrott litt, waren die Generäle gezwungen, sich Geld von Wucherern zu leihen, die einen Zinssatz von achtundvierzig Prozent jährlich forderten. Zudem war es an der Tagesordnung, daß funktionsuntüchtige Gewehre und ungenießbare Nahrungsmittel an die Soldaten ausgegeben wurden. Einmal verschwand eine große Geldsumme, die Santa Annas Schwiegersohn zur Beschaffung von Proviant übergeben wurde, zum größten Teil; der Herr Schwiegersohn hatte das Geld gestohlen. Ein General verkaufte gar zu Wucherpreisen auf eigene Rechnung Lebensmittel an seine Männer; ein anderer verlieh Geld, das er auf vorherigen Feldzügen konfisziert hatte, für vier Prozent Zinsen im Monat an seine Kameraden. Es gab keine Ärzte, die die Verwundeten behandeln und keine Geistlichen, die den Sterbenden die Letzte Ölung geben konnten; manchmal starben die Männer in erschreckend hoher Zahl, sogar an ganz normalen Krankheiten, die problemlos zu heilen gewesen wären, hätten die entsprechenden Medikamente zur Verfügung gestanden.

Als Santa Anna die Hauptstadt verließ, um den Oberbefehl über das Einsatzheer zu übernehmen, wie es technisch bezeichnet wurde, ging er davon aus, daß ihn dreißigtausend gut ausgebildete Berufssoldaten erwarteten; er traf zweitausend Mann an, die übrigen waren desertiert. Um die Kopfzahl wieder auszugleichen, befahl er Massenaushebungen. Razzien wurden in der Umgegend durchgeführt und endeten in Zwangsaushebungen, der Öffnung von Gefängnissen und der Rekrutierung einer Truppe aus unwilligen Soldaten ohne militärische Ausbildung. Aus Yucatán und der Gegend südlich der Stadt Oaxaca stießen große indianische Truppenteile zur Hauptstreitmacht; Krieger in weißen Hosen und Sandalen, die nie die Kälte kennengelernt oder gar Schnee gesehen hatten. Auch sie wurden Richtung Norden in Marsch gesetzt, um für ein Land zu kämpfen, dessen Sprache sie nicht einmal beherrschten.

Es war eine ungeheure Menschenmasse, die Santa Anna versammelt hatte, und es war allein auf seinen militärischen Sachverstand zurückzuführen, daß es auf beinahe wundersame Weise gelang, diese Massen in eine kampffähige Streitmacht zu verwandeln. Ein Offizier sagte über seinen obersten Feldherrn Santa Anna: »Er befehligt einfach alles. Er ist Kavallerist, Infanterist, Organisationschef, Priester, Kartograph, Artillerist und Ausbilder. Hätten wir noch drei andere wie ihn, könnten wir die Welt erobern.« Santa Anna selbst hatte gedroht: »Falls mir diese Amerikaner Ärger machen, marschiere ich geradewegs bis Washington und nehme die Stadt ein.«

Die Offiziere in Santa Annas Armee boten ein schmuckes Bild in ihren prächtigen Uniformen, insbesondere die Kavalleristen: Sie trugen blaue Hosen mit scharlachroten Streifen an den Seiten, Jacken von der gleichen blauen Farbe, verziert mit grünen Revers, grünen Schulterstücken und grünen Kragen, und darüber trugen sie gekreuzte weiße Schulterriemen. Die Mütze war aus gegerbtem Rindleder und mit hohem festem Federbusch, der sich auch bei einer schnell gerittenen Attacke nicht nach hinten neigte, und die Pferde trugen Satteldecken in leuchtenden Farben.

Das Erscheinungsbild der mexikanischen Armee wurde jedoch von der Infanterie beherrscht. Die Soldaten dieser Waffengattung trugen weiße Hosen, blaue Jacken mit scharlachroten Aufschlägen und Borten sowie grünen Schulterstücken, dazu hohe schwarze Ledermützen mit rotem Federschmuck und einem großen Schirm aus Messing, und die breiten weißen Schulterriemen liefen auf der Brust über Kreuz; ein weiteres typisches Kennzeichen dieser Waffengattung war die rote Deckenrolle, die fast in Schulterhöhe auf dem Rücken getragen wurde. Vollständig uniformierte, korrekt gekleidete Infanteristen weckten Erinnerungen an Napoleons Armeen; zwar veraltet in ihrer leuchtenden Farbenpracht, aber dennoch eindrucksvoll.

Allerdings besaß nicht einmal jeder zehnte Infanterist eine auch nur halbwegs vollständige Uniform, weil die Gelder für die entsprechenden Ausrüstungsgegenstände häufig von den Generälen gestohlen wurden. Die meisten Soldaten mußten mit den typischen weiten weißen Hosen vorlieb nehmen, wie die ländliche Bevölkerung sie trug; darüber kam ein dünnes weißes Hemd – keine Jacke, keine Mütze, keine Deckenrolle. Auch Schuhe besaßen nur die wenigsten; wenn überhaupt, waren es für gewöhnlich Sandalen. Das Erscheinungsbild von Santa Annas Armee hätte also keinesfalls den Stolz eines preußischen Feldherrn erweckt. Die riesige Truppe sah eher wie ein heruntergekommener, desolater Haufe aus.

Dieser Eindruck wurde dadurch verstärkt, daß die Mexikaner an der alten Tradition festhielten, wonach ein Soldat auf einem Feldzug von seiner Familie begleitet wurde, nicht selten sogar bis aufs Schlachtfeld. Die Frauen – Ehefrauen, Wäscherinnen, Köchinnen und Prostituierte – marschierten mit den Soldaten, wie auch viele Kinder, die zumeist in Lumpen gekleidet waren, die sie unterwegs aufgelesen hatten. Dieser armselige Troß aus Frauen und Kindern zog hinter der Armee her und war oft mehrere Kilometer lang: alte Frauen, junge Abenteurerinnen, plärrende, kreischende Kinder, Maultiere und Esel, sofern eine Familie solche Tiere besaß, Herdplatten und Lebensmittel für das nächtliche Feuer am Lagerplatz, fahrende Händler ... sie alle folgten der riesigen Streitmacht.

Santa Anna, dieses Modellbild von einem General, ritt daher so selten wie möglich ans Ende des Heerzuges, um sich ein Bild zu machen; schon der flüchtige Anblick der Männer und des ihnen folgenden Trosses aus Frauen und Kindern war ihm zuwider. Doch dieses Gefolge war notwendig, da die Armeeführung es nicht schaffte, die Soldaten ausreichend mit Nahrungsmitteln zu versorgen. Hätten die Frauen nicht immer wieder die Umgegend durchstreift, um auf irgendeine Weise etwas zu essen zu besorgen, wären ihre Männer verhungert.

So also sah die Armee aus, die vom Sammelplatz in der Nähe Saltillos am 25. Januar 1836 losmarschierte. General Santa Anna und sein in prächtige Uniformen gekleideter Stab galoppierten der Truppe voraus in Richtung Monclova. Am 13. Februar hatten Santa Anna und seine Offiziere es sich bereits in dieser kleinen Stadt gemütlich gemacht, weit vor dem schwerfällig dahinziehenden Heer. Die Truppe versuchte zu diesem Zeitpunkt noch das offene, ungeschützte und gefährliche Ödland nördlich von Saltillo zu durchqueren. Santa Anna machte sich um seine Soldaten jedoch nur wenig Sorgen, denn am Tag des Aufbruchs hatte eine für die Jahreszeit angenehme Temperatur von etwa sechzehn Grad geherrscht; es war dann so warm geworden, daß viele Männer die Jakken ausgezogen hatten und nur mit Hemd und Hose bekleidet marschiert waren; manche sogar mit bloßem Oberkörper. Doch diese Gegend wurde häufig vom gefürchteten Blaueis-Blizzard heimgesucht, bei dem die Temperaturen – unter bleiernem Himmel und den schneidend kalten Böen eines sich ankündigenden Wintersturmes –, in weniger als einer halben Stunde um fünfzehn oder gar zwanzig Grad fallen konnten.

Ein solcher Sturm traf nun die unvorbereiteten Männer, die noch nie ein solches Naturphänomen erlebt hatten. Bei den ersten unheilverkündenden Böen streiften sie rasch ihre Hemden und Jacken über.

In Windeseile fiel die Temperatur auf zehn, fünf und schließlich auf erschreckende null Grad. Die Männer kamen immer langsamer voran; viele verschränkten die Arme vor der Brust, um sich warm zu halten; Maultiere begannen unruhig zu werden, liefen wild durcheinander. Am frühen Nachmittag schließlich fegte ein wütender Schneesturm über die ebenen, keinen Schutz bietenden Prärien von Coahuila-y-Tejas, und bei Einbruch der Dämmerung kamen Mensch und Tier in Sturm und Kälte kaum mehr von der Stelle.

Der schreckliche Blizzard hielt die ganze Nacht an und schüttete dreißig bis fünfunddreißig Zentimeter Schnee über Männer aus, die dessen eisige

Finger noch nie gespürt hatten. Die ersten brachen vor Erschöpfung und Schwäche zusammen. Als der Schnee sie bedeckte, sahen sie aus wie winzige weiße Hügel, die sich entlang der Marschroute erstreckten, so, als ob sie in den letzten Augenblikken ihres Lebens eine flauschige Decke über ihre erfrierenden Körper gezogen hätten.

Am schlimmsten wurden die bemitleidenswerten Indianer aus Yucatán getroffen; sie ließen sich einfach zu Boden fallen und starben. Hunderte von ihnen trugen keine Schuhe, hatten keine Decke, ja, überhaupt kein Kleidungsstück, mit dem sie sich hätten wärmen können. Manchmal drängten acht oder neun von ihnen sich zusammen; eine Gruppe von Todgeweihten, die vergeblich darauf hofften, wenigstens ein bißchen Wärme zu finden, indem sie sich aneinander klammerten. Nachdem sie erfroren waren, formte der Schnee einen runden Hügel über ihren Leichen, eine Art Mausoleum, von der Natur geschaffen. Immer wenn Kameraden, die mehr Glück gehabt hatten als die Indianer, da sie an kälteres Klima gewöhnt waren und überdies Schuhe und Decken besaßen, einen solchen Hügel entdeckten, gruben sie ihn frei und zogen den Toten jedes Kleidungsstück aus, das diese noch am Leibe trugen, um sich die Sachen dann überzustreifen und Körper und Gesicht gegen den Sturm zu schützen.

Natürlich mußten besonders die Frauen und Kinder am Ende des Heerzuges schreckliche Qualen erleiden. Wie die Indianer aus Yucatán kauerten auch sie sich in Gruppen zusammen, und auch hier starben viele. Es war schrecklich für die Wachsoldaten der Nachhut, die weit hinter der Armee marschierten, als sie an den erfrorenen Körpern von Kindern vorüberkamen, welche man hilflos im Schnee zurückgelassen hatte.

Pferde, Maultiere und Ochsen, die an einen solchen Schneesturm ebensowenig gewöhnt waren wie die Soldaten, preschten in wilder Panik über das blendend weiße Land, rannten sich an Bäumen zu Tode oder stürzten in tiefe Schneewehen, die rasch anwuchsen und ihre Körper bedeckten. Und als der Sturm am wildesten tobte, griff ein weiterer tödlicher Feind den Tross an – eine Apachenhorde. Die Indianer lebten in diesem Gebiet und wußten, wie man sich gegen einen solchen Blizzard zu schützen hatte. Nun fielen sie über die Nachzügler her, plünderten sie aus, stahlen die Pferde, die den Sturm überlebt hatten, sowie sämtliche Lebensmittel, die übrig geblieben waren.

Doch ein weit schlimmerer indianischer Angriff stand noch bevor, denn ein anderer Stamm war erst kürzlich in diesen Landstrich eingefallen – die wildesten, klügsten und begabtesten Krieger, die jemals den Westen heimgesucht haben. Es waren die Comanchen, berittene Indianer, die aus den gebirgigen Landstrichen Utahs nach Süden gezogen waren, um sich im westlichen Tejas neuen, sicheren Lebensraum zu erobern. Erbarmungslos in der Schlacht und gefangenen Feinden gegenüber sogar noch grausamer als die Apachen, waren sie eine wahre Geißel: schnelle, geschickte Reiter, die man niemals in Schach halten, sondern allenfalls zurückschlagen konnte. Diesmal war eine der räuberischen Comanchenhorden auf dem Weg zu einem ihrer bevorzugten Angriffsziele: Saltillo, das damals oft von den Indianern geplündert wurde. Nun aber erblickten die Krieger die mexikanische Armee, gefangen in Schnee und Kälte.

Bei ihren Gefechten griffen die gefürchteten Comanchen einen zahlenmäßig überlegenen Gegner niemals frontal an; mit markerschütterndem Kriegsgeschrei umritten sie die Hauptstreitmacht und attackierten nur versprengte, isolierte Trupps. Mit dieser Taktik dezimierten sie nun die gesamte westliche Flanke der glücklosen Armee, töteten bei ihren blitzartigen Vorstößen jeden Gegner, der in Reichweite ihrer Waffen kam, und raubten alle noch übrig gebliebenen Ausrüstungsgegenstände.

Als der Schneesturm verebbt war und die überlebenden Soldaten und Maultiere gezählt wurden, mußten die Offiziere von Santa Annas Armee feststellen, daß sie entsetzlich hohe Verluste erlitten hatten. Der General selbst, der sich hinter den mächtigen Stadtmauern Monclovas in Sicherheit befand, muß sich dieser Katastrophe sehr wohl bewußt gewesen sein, doch er erwähnte sie weder damals noch zu irgendeinem späteren Zeitpunkt. Er war der Meinung, daß eine Armee solche Nackenschläge eben hinzunehmen hatte, wenn ein Marsch über große Entfernungen zurückgelegt werden mußte. Eine unerfreuliche Begleiterscheinung des Krieges, die es aber zu akzeptieren galt.

Und in praktischer Hinsicht wurde die Katastrophe der Armee im Blizzard bei Monclova von Santa Anna möglicherweise sogar begrüßt, da man die weitgehend nutzlosen Yucatán-Indianer losgeworden war und die Truppe abgehärtet weiterzog. Ein junger Leutnant, der von baldigem Ruhm und Ehre träumte, sagte denn auch seinen Kameraden: »Wenn wir schon den Blizzard und die Comanchen überlebt haben, dann haben wir von den Rebellen in Tejas nur wenig zu befürchten. Es wird genauso sein wie in Zacatecas.«

Als General Santa Anna sich wieder seiner Armee anschloß, ließ er die nunmehr zwar dezimierte, aber immer noch gewaltige Streitmacht in Richtung San Antonio marschieren. Dort warteten die Amerikaner in den Mauern einer alten Missionsstation darauf, ›ihre neue Nation‹ zu verteidigen, als die sie Tejas bereits betrachteten.

Der Alamo – ein Name, der sich vermutlich von einem in der Nähe der alten Missionsstation gelegenen kleinen Pappelwaldstück ableitet – wurde im Jahre 1718 als ›Mission von San Antonio de Valero‹ gegründet. Seit im Jahre 1744 der Grundstein für die Kapelle gelegt worden war, hatte man im Laufe der Zeit dicke, schützende, festungsähnliche Mauern um das Gebäude errichtet, und es war später dann auch als Kaserne für mexikanische Soldaten benutzt worden, nachdem man die Missionsstation im Jahre 1797 aufgegeben hatte. Nun schützten diese Mauern Davy Crockett, Jim Bowie und William B. Travis, drei außergewöhnlich tapfere Männer, die aber nur 184 weitere Verteidiger befehligten, darunter einige gebürtige Mexikaner, die sich entschieden hatten, auf seiten der Amerikaner zu kämpfen. Da Santa Annas Armee mehr als fünftausend Mann stark war, schien ein mexikanischer Sieg unabwendbar.

Dreizehn entbehrungsreiche Tage lang belagerten die mexikanischen Truppen unerbittlich die Verteidiger des Alamo. Santa Anna führte die Schlacht unter einem blutroten Banner und zu den Marschklängen des *Degüello*. Beides hatte die traditionelle symbolhafte Bedeutung: »Ergebt euch auf der Stelle, oder ihr werdet exekutiert, sobald wir gesiegt haben.« Bei einem Sturmangriff auf den Alamo würde es also keine Schonung für die

Verteidiger geben; die Männer im Fort wußten, daß der oft so fadenscheinige Ausspruch »Sieg oder Tod« diesmal keine hohle Phrase war.

Am frühen Morgen des dreizehnten Tages stürmten Santa Annas Infanteristen die Mauern des Alamo, vorangepeitscht von Offizieren, denen es gleichgültig war, wie viele ihrer Männer bei diesem Angriff ihr Leben ließen. Sie überrannten die Verteidiger und metzelten jeden nieder, den sie im Innern des Forts vorfanden, ob Mexikaner oder Amerikaner. Jim Bowie wurde im Krankenbett erschlagen; Captain Travis auf der Mauer des Forts erschossen. Wie Davy Crockett ums Leben gekommen ist, wird wohl nie mit Sicherheit geklärt werden – entweder wurde er im Innern des Forts getötet oder später als Kriegsgefangener außerhalb der Mauern des Alamo ermordet.

Die Texikaner verloren 186 Mann, die Mexikaner etwa 600. Ein einziger Texikaner, ein ergrauter französischer Veteran aus den napoleonischen Kriegen, war aus dem Fort geflüchtet, bevor das letzte Gefecht begann. Santa Anna hatte einen überwältigenden Sieg davongetragen – und bei der Vernichtung der Texikaner Grausamkeit und Unbarmherzigkeit bewiesen.

Denn bei jeder militärischen Einschätzung des totalen mexikanischen Sieges am Alamo darf nicht unerwähnt bleiben, daß Santa Anna sich zweier abscheulicher Verbrechen schuldig gemacht hat. Es waren Befehle, mit denen er die Regeln der Würde und des Anstands mit Füßen trat, die schon immer unter ehrenhaften Gegnern gegolten haben. Diese Befehle haben die Amerikaner in helle Wut versetzt und den brennenden Wunsch nach Rache entfacht, lodernde Flammen des Hasses, die erst durch die nicht minder verabscheuenswürdigen Grausamkeiten der Amerikaner nach ihrem großen Sieg von San Jacinto gelöscht wurden. Als man Santa Anna eine Gruppe Gefangener vorführte, sagte er verächtlich: »Ich will diese Kerle nicht lebend sehen«, und trotz des ungeschriebenen Gesetzes, welches Soldaten, die sich ehrenvoll ergeben haben, Leben und Sicherheit garantiert, befahl er: »Erschießt sie!« Die Männer wurden exekutiert.

Wie Santa Anna mit den Leichen der Männer verfuhr, die bei dem Versuch, den Alamo zu verteidigen, so tapfer gestorben waren, versetzte die Texikaner sogar noch mehr in Rage. Statt den Gefallenen ein ehrenhaftes Begräbnis zukommen zu lassen, oder die Toten wenigstens ihren Freunden zur Beisetzung zu übergeben, ließ er die Leichen aufeinandertürmen, als wären sie nutzloses Bauholz, und langsam verbrennen: Er gab seinen Männern den Befehl, die Flammen niedrig zu halten, so daß das Feuer zweieinhalb Tage brannte. Als die Hitze abgeklungen war, durchwühlten Leichenfledderer aus der Umgegend die Asche nach Metallgegenständen, die sich zu Geld machen ließen; dann wurden die Knochen den Hunden und Geiern zum Fraß überlassen. Als die Nachricht von dieser Schändung sich verbreitete, taten die Texikaner einen schrecklichen Racheschwur: »Denkt an den Alamo!«

Santa Anna, berauscht von seinem triumphalen Sieg, spielte sich nun wie der Allmächtige auf, Herr über Leben und Tod. Als eine Abteilung seiner Armee einen zweiten Sieg bei Goliad errang, einige Meilen südöstlich von San Antonio, und anschließend im Verlauf mehrerer kleinerer Gefechte über vierhundert Gefangene machte, befahl Santa Anna dem befehlshabenden General, jeden Mann zu erschießen. Der General ließ Santa Anna durch einen Boten übermitteln, daß er die Texikaner – darunter viele Freiwillige, die sich erst seit weniger als sechs Monaten in Tejas aufhielten – nur durch die Zusage ehrenhafter Behandlung als Kriegsgefangene und Garantie der persönlichen Sicherheit zur Kapitulation bewegt habe: »Ich habe ihnen mein Wort gegeben, sie mit soldatischen Ehren zu behandeln, und ich bin an mein Versprechen gebunden. Ich muß daher mit allem gebotenen Respekt den Befehl zurückweisen, diese Männer zu erschießen, solange sie unbewaffnet unter meinem Schutz stehen.«

Als Santa Anna diese Botschaft erhielt, brach er wütend los: »Hat der Kerl noch nicht von dem Gesetz gehört, das wir vergangenes Jahr nach der Invasion der Amerikaner in Tampico erlassen haben? Danach ist jeder Ausländer, der mit feindlichen Absichten in unser geheiligtes Vaterland eindringt, auf der Stelle zu exekutieren.« Von demselben Boten, der Santa Anna die Nachricht von der Weigerung überbracht hatte, die Gefangenen zu erschießen, ließ er dem General den scharfen Verweis übermitteln: »Daher befehle ich, daß Sie den Bestimmungen besagten Gesetzes auf der Stelle Folge leisten, was die Behandlung dieser Ausländer betrifft, welche die Dreistigkeit besessen haben, die Republik Mexiko zu beleidigen … Ich erwarte Ihre Meldung, daß der öffentlich geäußerte Wunsch nach Vergeltung durch die Bestrafung dieser verabscheuenswerten Verbrecher erfüllt wurde.« Im Klartext: »Lassen Sie die Rebellen erschießen!«

An einem strahlenden Frühlingsmorgen ließ die mexikanische Armee fast vierhundert unbewaffnete Gefangene in drei Gruppen eine Landstraße entlang marschieren. Dann eröffnete man urplötzlich das Feuer auf die Ahnungslosen und ermordete dreihundertzweiundvierzig Mann. Diejenigen, die entkamen, indem sie über das freie Gelände flüchteten, in Waldstücken untertauchten oder in Flüsse sprangen und sich schwimmend in Sicherheit brachten, verbreiteten die Nachricht von dem Massaker. Mit erschreckendem Rachedurst erhob sich unter den Amerikanern in ganz Tejas das Wort: »Denkt an den Alamo! Denkt an Goliad!«

Sam Houston hatte aus bestimmten Gründen nicht an den beiden Schlachten von Alamo und Goliad teilgenommen. Wie Quintus Fabius Maximus zog er es vor, Männer um sich zu scharen, Waffen zu besorgen und abzuwarten, bis Zeitpunkt und Schauplatz günstiger für seine Pläne waren. Der Adler und der Rabe waren nun fast bereit für ihre große Auseinandersetzung. In den kalten, winterlichen Tagen des Jahres 1836 zogen beide ihre Kreise immer weiter, kamen sich näher und näher und bereiteten sich auf jene Schlacht vor, die den Ausgang des Krieges und die Zukunft von Texas bestimmen sollte.

Dann kam jener Tag, da der Adler und der Rabe zusammentrafen: auf einem sumpfigen Landstück zwischen zwei kleinen Flüssen in der Nähe eines Ortes namens San Jacinto im mexikanischen Bundesstaat Coahuila-y-Tejas. Mehr als vierzig Jahre hatten die beiden sich auf diese historische Auseinandersetzung vorbereitet, ohne es zu wissen. Wenngleich Adler und Rabe beide bereits mit zerrupftem Gefieder in diesen Kampf gingen und keiner von ihnen gewiß sein konnte, den Sieg davonzutragen, hing doch die Zukunft zweier großer Nationen vom Ausgang dieser Schlacht ab.

Zwar hatte Santa Anna bis jetzt jedes Gefecht für sich entscheiden können, aber es war ihm nicht gelungen, die Texikaner vernichtend zu schlagen. Houston hatte Santa Anna nun hoch in den Norden gelockt, weit von dessen Versorgungsdepots entfernt; ein geschickter taktischer Schachzug, der von seinen politischen Gegnern jedoch als Feigheit hingestellt wurde. Schließlich trafen die beiden Widersacher an den Ufern des San Jacinto River aufeinander. Neunhundert Texikaner standen dabei zwölfhundertfünfzig schlachterprobten, jedoch erschöpften Mexikanern gegenüber.

Die Sterne standen also alles andere als günstig für Sam Houston, doch am späten Nachmittag des 21. April 1836, als die tiefstehende Sonne den Mexikanern in die Augen schien, ergab sich die Gelegenheit, einen unerwarteten Vorteil zu nutzen. Santa Anna, davon überzeugt, daß die Texikaner aufgrund ihrer großen zahlenmäßigen Unterlegenheit keinen Angriff wagen würden, hatte sich zur Siesta in sein Zelt zurückgezogen. Möglicherweise hatten das warme Wetter, eine üppige Mahlzeit und eine kleine Prise Opium ihn schläfrig gemacht.[5] Jetzt, wo das wache Auge ihres Generals nicht mehr auf ihnen ruhte, kümmerte sich auf mexikanischer Seite niemand mehr um seine soldatischen Pflichten: Es wurden keine Wachen aufgestellt, keine Postenketten gebildet, und kein Hornist bezog für den Alarmfall eine Beobachtungsstellung.

Die Texikaner attackierten die mexikanischen Linien mit verheerender Angriffswucht. Santa Annas Hauptquartier konnte nicht mehr alarmiert werden; es hielten sich ohnehin keine Offiziere dort auf, die auf einen Alarm hätten reagieren können. Schon in diesen ersten Augenblicken der Schlacht war ihr Ausgang entschieden. Bevor die Mexikaner sich zur Abwehr formieren konnten, wüteten Houstons Männer schon mitten unter ihnen, brachten Tod und Verderben und entfesselten ein Chaos unter den Gegnern. Als die mexikanischen Truppen in panischer Flucht Schutz in den Sümpfen des Umlands suchten, wurden sie von den Texikanern verfolgt; fliehenden Gegnern wurde in den Rücken geschossen, und im hüfthohen Wasser der Bayous tobte der Kampf mit den überlebenden Mexikanern weiter; manche Texikaner packten ihre Widersacher bei den Haaren, rissen ihnen den Kopf in den Nacken und schnitten ihnen mit langen Messern die Kehle durch.

Einige Mexikaner, die erkannten, daß sie sterben mußten, schrien flehentlich: »Ich nix Alamo! Ich nix Goliad!«, doch das Gemetzel hielt an. Als das Massaker seinen scheußlichen Höhepunkt erreichte, rief General Houston – der im Gegensatz zu Santa Anna die ungeschriebenen Regeln des Krieges beachtete – seinen entfesselten Männern zu: »Meine Herren! Meine Herren!«, und ließ den Befehl folgen, keinen mexikanischen Soldaten mehr zu töten, sondern nur noch Gefangene zu machen. Doch als er ein Stück davongeritten war, hielt einer von Houstons Captains an einem Befehl fest, den er zuvor gegeben hatte und an dessen Wortlaut sich ein Soldat später erinnern konnte: »Jungs, ihr wißt, wie man Gefangene nehmen muß. Mit dem Gewehrkolben! Denkt an den Alamo, denkt an Goliad! Schlagt den Kerlen auf den Schädel und haut ihnen das Hirn raus!« Die Schlacht dauerte nur achtzehn Minuten, aber sie wurde von den Texikanern so wild und gnadenlos geführt, daß nach Beendigung der Kämpfe sechshundert Mexikaner tot auf dem Schlachtfeld und in den sumpfigen Bayous lagen; weitere sechshundert wurden gefangengenommen. Die Texikaner hatten nur drei Gefallene zu beklagen, doch in den darauffolgenden Tagen erlagen noch sieben weitere Männer ihren Verwundungen.

In diesen achtzehn explosiven Minuten, die zu den schicksalsschwersten in der amerikanischen Geschichte zählen, lenkten Sam Houston und seine rachsüchtigen Texikaner die Entwicklung Nordamerikas in neue Bahnen. Vorübergehend sollte Texas eine freie, unabhängige Nation werden, keiner fremden Regierung unterworfen. Im Laufe der Zeit wurden auch die Gebiete New Mexiko, Arizona und Kalifornien von Mexiko abgetrennt und zu amerikanischen Bundesstaaten. Die Landkarte Nordamerikas hatte für immer ein neues Gesicht.

Und wie verhielten sich die beiden großen Gegenspieler in dieser bedeutenden Schlacht, an der vergleichsweise wenige Soldaten beteiligt waren, die aber so weitreichende Konsequenzen hatte? Sam Houston stürmte gemeinsam mit seinen Männern – nachdem er eine Zeitlang unentschlossen geschwankt hatte, ob er den Kampf aufnehmen sollte oder nicht – tapfer gegen eine beträchtliche Übermacht an. Zweimal wurde ihm das Pferd unter dem Sattel weggeschossen, und eine Kugel zerschmetterte ihm den Fußknöchel.

Santa Anna hingegen kam aus seinem Zelt gestürmt, sah, daß alles verloren war, streifte sich hastig eine Hose über und flüchtete vom blutdurchtränkten Schlachtfeld. Entschlossen, das eigene Leben zu retten, entging er in der ersten Nacht der Gefangennahme, indem er sich so leise wie möglich verhielt und jedem Menschen fernblieb. Bei Sonnenaufgang entdeckte ein Trupp von sechs Texikanern, der die Umgebung des Schlachtfeldes erkundete, einen einsamen Mann, der auf einem freien Geländestück stand. Sie umringten ihn, und er ergab sich widerstandslos, leugnete jedoch, Offizier der mexikanischen Armee zu sein: »Dann wollten wir von ihm erfahren, ob er weiß, wo Santa Anna sich aufhält. Der Mann verneinte dies.«

Einer der Texikaner erbot sich, den Gefangenen zu erschießen, aus Enttäuschung, nur einen gemeinen Soldaten gefangen zu haben und wütend darüber, daß der Mann sich so langsam bewegte, da dessen Füße das Marschieren nicht gewöhnt waren. Andere legten Widerspruch ein, und vielleicht wäre Santa Anna unerkannt die Flucht gelungen, hätten nicht gefangene mexikanische Soldaten *»¡Presidente!«* gerufen, als der Trupp den Unbekannten ins Lager brachte. Santa Anna wurde dem verwundeten Sam Houston vorgeführt und verkündete mit gewohnt schwülstigem Pathos: *»¡Mí General, ha derrotado el Napoleón del oeste!«* (Sie haben den Napoleon des Westens geschlagen.) Als einige Texikaner, die Spanisch verstanden, daraufhin zu kichern anfingen, sagte ein mexikanischer Offizier aus vornehmer Familie auf englisch: »Dieser Mann hat mehr Schlachten geschlagen als Napoleon und Washington zusammen.« Unter einigen Texikanern entbrannte nun der heiße Zorn auf den gefangenen General; sie forderten wegen der Greuel von Alamo und Goliad die sofortige Erschießung Santa Annas, doch Houston verweigerte dies, da ihn Probleme beschäftigten, die sehr viel bedeutsamer waren als bloße Rache.

Seine Beobachtungsposten hatten ihm gemeldet, daß sich der mexikanische General Vicente Filisola mit siebentausend Mann am nur knapp hundert Kilometer entfernten Brazos River befand. Houston wußte zudem, daß weitere starke mexikanische Armeen noch immer in Kampfbereitschaft waren, ungeschwächt und unbeeindruckt von der Niederlage bei San Jacinto, und ihm war außerdem klar, daß der gerade erst entstandene Staat Texas ein zerbrechliches Gebilde war, das einer Ausweitung der kriegerischen Auseinandersetzungen nicht würde standhalten können. Mit dem politischen Geschick, das ihn immer ausgezeichnet hatte, brachte Houston Santa Anna dazu, einen Vertrag zu unterzeichnen, in dem eine Waffenruhe vereinbart wurde und der die erwähnten mexikanischen Streitkräfte praktisch lahmlegte. Auf diese Weise verschaffte Houston der neugeborenen texanischen Nation eine Atempause, in der sie ihre Kraft und Unabhängigkeit festigen konnte. Es war ein meisterhafter Schachzug.

Doch was geschah mit Santa Anna, diesem Möchtegern-Napoleon, der durch Nachlässigkeit seine Armee verloren hatte? Noch während er sich in Gefangenschaft der Texaner befand, wie sie sich nunmehr nannten, und obwohl er zweiundfünfzig Tage in Ketten gehalten wurde, erwarb er sich seine Sorglosigkeit zurück und wurde wieder der ränkeschmiedende, hinterhältige Schurke, der er immer schon gewesen war. Mit all seiner Zungenfertigkeit und durch ungeheure Versprechungen konnte er Houston überreden, ihn als ›Botschafter des gutes Willens‹ zwischen den beiden verfeindeten Staaten auf freien Fuß zu setzen. Dann beschwatzte er auch den mexikanischen Konsul in New Orleans so lange, bis dieser ihm Geldmittel zur Verfügung stellte, die ihm das Reisen ermöglichten. Allerdings führte Santa Annas Weg nicht nach Mexiko City, sondern nach Washington, wo sein Erscheinen natürlich großes Aufsehen erregte. Er führte mit dem amerikanischen Präsidenten und mehreren Senatoren Gespräche, in denen er die Standpunkte Mexikos in den strittigen Fragen darlegte.

Nichts zeigt die Doppelzüngigkeit Santa Annas so deutlich wie seine Abschiedsrede, die er vor den Texanern hielt, die ihn gefangengenommen und ihn sehr viel anständiger behandelt hatten als Santa Anna seine Kriegsgefangenen: »Meine Freunde! Ich bin Zeuge eurer Klugheit und eures Mutes auf dem Schlachtfeld gewesen. Verlaßt euch vertrauensvoll auf meine Aufrichtigkeit, dann sollt ihr niemals einen Grund haben, die freundliche Behandlung zu bedauern, die ihr mir habt zukommen lassen. Bevor ich nun in mein Vaterland zurückkehre, bitte ich euch, den aufrichtigen Dank eures herzlich verbundenen Freundes entgegenzunehmen. Lebt wohl!«

Trotz der katastrophalen Niederlage faßte der politisch unverwüstliche Santa Anna wieder Fuß und errang nach der Rückkehr in sein Heimatland innerhalb von zwei Jahren erneut die Präsidentschaft. Er trieb sein schändliches Spiel mit diesem Amt weiter, und unter seiner Führung sollte Mexiko noch weitere demütigende Niederlagen erleiden.

Hingegen verlief Sam Houstons Karriere nach dem Krieg beeindruckend: 1836 wurde er der erste Präsident von Texas; 1841 dritter Präsident; 1846 erster Senator des neuen amerikanischen Bundesstaates Texas; 1859 erfolgte sein Rückzug aus dem Senat, um Gouverneur von Texas zu werden. 1840 hatte er endlich auch eheliches Glück in Gestalt einer reizenden jungen Dame aus Alabama gefunden, sechsundzwanzig Jahre jünger als er und Tochter eines Baptistenpredigers. Dank ihrer Bemühungen und ihrer Fürbitte wurde Sam christlich getauft, wie auch die acht Kinder, die aus der Ehe mit Margaret hervorgingen.

Dann aber riß seine Glückssträhne – am Sklavenproblem. Obwohl die meisten kleinen Farmer in Texas nur wenige oder gar keine Sklaven besaßen, waren die großen Plantagenbesitzer dringend auf Sklavenarbeit angewiesen. Daher vertrat Texas in dieser Frage grundsätzlich den Standpunkt der anderen Südstaaten. Stimmen wurden laut, sich den Konföderierten Staaten anzuschließen. Schon während der nun einsetzenden Unruhen in Texas sah Gouverneur Houston das Verhängnis und die Niederlage voraus und beklagte bitter die Entscheidung der Texaner, die mit überwältigender Mehrheit für die Loslösung ihres Staates aus der Union votierten: mit 46153 gegen 14747 Stimmen. Obwohl die öffentliche Meinung zugunsten des Südens bei dieser Abstimmung so deutlich zum Ausdruck gekommen war, weigerte Houston sich, dieser Entscheidung nachzugeben: Die Tatsache, daß er als Gouverneur nunmehr den Staat Texas *aus* der Union führen sollte, hatte seiner Meinung nach nicht zwangsläufig zur Folge, daß er Texas *in* die Konföderation einfügen mußte. Er vertrat daher den Standpunkt, daß Texas wieder den politischen Status von 1836 als freier, unabhängiger Staat einnehmen und sich weder auf die Seite des Nordens noch auf die des Südens schlagen sollte, und in seinem Amt als Gouverneur handelte er entsprechend.

Diese Spitzfindigkeit nahmen die hitzköpfigen pro-südlichen Texaner jedoch nicht hin: Sie enthoben Houston im Jahre 1861 seines Gouverneursamtes, um den Weg für den Anschluß an die Konföderation frei zu machen.

In dieser Krisensituation versuchten Houstons Freunde, ihm durch ein spektakuläres Unternehmen zu Hilfe zu kommen. Eine Nordstaaten-Truppe sollte in Texas einmarschieren und Houston mit Gewalt wieder ins Amt einsetzen. Wäre dieser Plan verwirklicht worden, hätte er vielleicht sogar Erfolg gehabt. Doch Houston hatte zu viele Jahre die Interessen Tennessees verteidigt, sich für die Indianer eingesetzt, für ein freies, unabhängiges Texas gekämpft und hatte vor allem den Beitritt Texas' zu den Vereinigten Staaten vollzogen. Nun verweigerte er zwar seine Zustimmung zum Anschluß von Texas an die Konföderierten Staaten von Amerika, ließ es aber auch nicht zu, daß die Unionsarmee ihn gewaltsam wieder ins Amt einsetzte. Statt dessen zog er sich friedlich und in Würde aus der Politik zurück. Die Texaner ernannten Vizegouverneur Edward Clark zum Nachfolger Houstons im Gouverneursamt. Clark vollzog den Anschluß Texas' als Vollmitglied der Konföderation und führte den Staat schließlich in die Niederlage, die Houston vorausgesehen hatte.

Sam Houston zog sich zu Frau und Kindern auf seine Farm zurück, wo er 1863 im Kreise der Familie starb.

Santa Annas späteres persönliches Schicksal verlief sogar noch dramatischer. Mit beachtlichem Erfolg schlug er Kapital aus Houstons Weigerung, ihn vor ein Erschießungskommando stellen zu lassen: Der mit knapper Not Davongekommene machte sich Freunde in Washington und zog daraus politischen Vorteil in Mexiko. Als er sich nach der Rückkehr aus Washington wieder auf seinem Anwesen niedergelassen hatte, waren seine Persönlichkeit und sein Verhalten erneut bestimmt von einer Mischung aus beachtlichem Mut und lächerlicher Prahlerei. Sein Leben blieb gekennzeichnet von gewaltigen Höhenflügen, denen immer wieder ein tiefer Fall in die Verzweiflung folgte; es war ein Wechselbad, von dem sich nur wenige Menschen erholt hätten. Das größte Aufsehen jedoch erregte ein Zwischenfall, bei dem er das linke Bein verlor.

In einem Dorf unweit von Mexiko City betrieb ein nach Mexiko emigrierter französischer Konditor eine kleine, aber weithin bekannte Patisserie mit dem stolzen Namen DULCES A LA FRANCESCA. Eines Abends zertrümmerte eine Gruppe betrunkener mexikanischer Offiziere, die ihre Beförderung zum Hauptmann gefeiert hatten, das Innere des Lokals. Dabei entstand ein Sachschaden von achthundert Pesos. Der französische Konditor legte eine entsprechende Rechnung vor, aber die mexikanische Regierung weigerte sich, diese vergleichsweise lächerlich kleine Summe zu begleichen, woraus sich, so unglaublich es klingen mag, ein Krieg mit Frankreich entwickelte.[6]

Als eine französische Flotte Veracruz unter Beschuß nahm, schwang Santa Anna sich unverzüglich in den Sattel seines weißen Pferdes und galoppierte aus den Bergen um Xalapa hinunter in seine geliebte Hafenstadt, fest entschlossen, Veracruz zu verteidigen, da ihn mit dieser Stadt so viele schöne Erinnerungen verbanden.

Diesmal lieferte er eine in der Tat ehrenhafte Vorstellung. Er sammelte seine Truppen und griff die Franzosen an, wobei er zu Pferde die Angriffsreihen entlangpreschte, mal hier und mal dort zu finden war, um den Männern durch seine Anwesenheit Mut zu machen. Dabei hatte er das große Glück, von einer achtpfündigen Kanonenkugel getroffen zu werden, die ein im Hafen liegendes französisches Schiff abgefeuert hatte; das Geschoß verwundete sein linkes Bein so schwer, daß es amputiert werden mußte.

Das aber focht den wackeren Krieger nicht an. Sofort befahl er mehreren Holzschnitzern, ihm vier verschiedene Holzbeine anzufertigen, die er fortan in einem ledernen Koffer mit sich trug. Das erste Bein war für die Uniform bestimmt; das zweite für die Alltagskleidung, zum Beispiel, wenn er sich draußen auf seinen Besitztümern befand; das dritte war für das Schlachtfeld und das vierte für die Abendgarderobe. Die Beine waren unterschiedlich geformt und aus verschiedenen Holzarten geschnitzt. Das Bein für die Abendgarderobe war das leichteste; es bestand aus Kork.

Warum, mag die berechtigte Frage lauten, konnte der Verlust eines Beines sich als ungewöhnlich großer Glücksfall erweisen? Weil Santa Anna daraufhin nicht nur erneut zum Präsidenten gewählt wurde, sondern weil er jetzt ein Instrument besaß, dessen Funktion einer seiner Mitarbeiter später folgendermaßen erklärte:

> Bei öffentlichen Reden – und die hält er ja sehr häufig – werden Sie unseren Diktator keine vier Sätze hintereinander sagen hören, ohne einen kurzen Bericht darüber zu bekommen, auf welche Weise er sein Bein im Dienst für sein Land verloren hat. Er hat fünfzehn unterschiedliche, eingeübte Versionen parat, die er bei seinen Reden wie beiläufig einflechten kann. Die heldische Version: »Ich bin genau auf die Mündung einer französischen Kanone zugaloppiert, und dabei habe ich mein Bein verloren!« Die selbstmitleidige Version, unter Tränen: »In einem Augenblick größter Gefahr gab ich mein Bein zum Ruhme meines Vaterlandes hin.« Die herausfordernde Version: »Glauben Sie ernsthaft, daß ein Mann, der bei der Verteidigung seines Landes sein Bein verloren hat, sich vor einer Bedrohung wie dieser fürchtet?« Sein fehlendes Bein garantiert ihm praktisch eine Diktatur auf Lebenszeit. Und alles wegen dieser erbärmlichen Konditorei. Kein Mann kann wahre Größe erlangen, wenn er nicht schlau genug ist, eine Konditorei zu seinem Vorteil zu nutzen – oder ein verlorenes Bein.

Santa Annas endlose Verweise auf sein verlorenes Bein riefen im Laufe der Zeit eine diesbezügliche Monomanie hervor. An einem Sommertag lud er einen seiner vertrautesten Mitarbeiter nach Manga de Clavo ein, seinem Anwesen in der Nähe von Xalapa. Es war ein Mann, in dessen Hände er die Regierungsgeschäfte legte, wann immer er von seinem Amt als Präsident zurücktrat, was ja sehr häufig der Fall war. Als der Besucher eintraf, war er bestürzt über das Erscheinungsbild Santa Annas: bemitleidenswert dünn, mit verhärmtem Gesicht, bewegte er sich übertrieben humpelnd auf seinen Gast zu, um diesen mit den Worten zu begrüßen: »Ich habe ein Bein verloren, als ich unsere Nation bei Veracruz verteidigt habe, wissen Sie.« An diesem Tag trug er sein Alltags-Großgrundbesitzer-Holzbein, und bevor sein Besucher auch nur ein Wort sagen konnte, streckte Santa Anna die Hand aus, packte ihn an der Schulter und erklärte mit aufrichtiger Begeisterung: »Kommen Sie, wir schauen uns Hahnenkämpfe an, zum Gedenken an jene großen Tage, als wir unsere Nation gegen Frankreich verteidigt haben«, und er führte seinen Gast, diesmal ohne erkennbare Gehbehinderung, bis zu dem kleinen runden Gebäude, in dem er seine berühmten Hahnenkämpfe veranstaltete.

Während die Vögel kämpften, legte Santa Anna seinem Gast dar, welch seltsame Verpflichtung er ihm auferlegen wollte – die übrigens der Grund für die Einladung gewesen war: »Mein lieber, vertrauter Freund, ich brauche eine Ehrengarde für eine ehrenvolle Aufgabe. Um den Bitten und Forderungen der Bürger Mexikos und den Wünschen der höchsten geistlichen Würdenträger nachzukommen, habe ich mich nach einigem Zögern – schließlich bin ich ein zutiefst bescheidener Mensch – dazu durchgerungen, mein linkes Bein exhumieren zu lassen. Es soll in einer feierlichen Prozession in die Hauptstadt gebracht und dort in einem Pantheon beigesetzt werden, wie es Helden vorbehalten ist.«

»Ihr Bein?« fragte der Besucher.

»Warum denn nicht?« sagte Santa Anna schroff. »Es hat sich im Dienst für unsere Nation geopfert. Gab es irgendwann schon mal ein Bein, das einer Nation so viel bedeutet hat? Hat es nicht verdient, wie all unsere anderen Helden behandelt zu werden?«

»Gewiß, gewiß«, beeilte sich der Besucher zu erwidern, und er war dann auch dabei, als das Bein ausgegraben und auf einen prächtig geschmückten, offenen Leichenwagen gelegt wurde und seine Reise in die Hauptstadt antrat.

Der Besucher sowie einer von Santa Annas jungen Adjutanten, den der Diktator zum ›Oberstallmeister‹ ernannt hatte – der Diktator hatte wohl gelesen, daß solche Stallmeister am englischen Königshof dienten –, erhielten genaue Befehle: »Begeben Sie sich unverzüglich nach Mexiko City. Reiten Sie schnellstmöglich, und bringen Sie die Stadt auf Vordermann. Teilen Sie mit, das Bein ist unterwegs! Und sorgen Sie dafür, daß Menschenmassen die Straßen säumen, wenn es Einzug in die Stadt hält.«

Von den beiden eifrigen Boten angespornt, erschienen Tausende von Menschen auf den Straßen Mexiko Citys, und in der ehrwürdigen Kathedrale im Stadtzentrum warteten mehr als fünfzig Geistliche unterschiedlichen kirchlichen Ranges, darunter eine große Gruppe Bischöfe, auf die Ankunft des Beines und darauf, es kurzzeitig an seinen Ehrenplatz unter dem Altar zu legen. Dann durften Heerscharen von Getreuen des Diktators in die Kathedrale kommen, vor dem Altar niederknien und kurze Gebete sagen.

Zwei Tage später, am 28. September 1842, zog eine gewaltige Prozession, die natürlich auch Santa Anna mit seiner Anwesenheit beehrte, von der Kathedrale aus durch Mexiko City: Ganze Kavallerieregimenter in prächtigen Uniformen, junge Kadetten von der Militärakademie in Chapultepec, eine feierliche Prozession von Priestern und religiösen Würdenträgern, das gesamte Kabinett und die meisten Angehörigen des diplomatischen Corps marschierten zum Rhythmus der Musik von sieben Militärkapellen. Die Menschenschlange bewegte sich vom Stadtzentrum aus in Richtung des geschichtsträchtigen Santa-Paula-Friedhofs, auf dem ein Ehrengrabmal für des Diktators Bein errichtet worden war.

Gebete wurden gesprochen. Lieder wurden gesungen. Ehrensalutschüsse wurden abgefeuert. Santa Anna weinte. Die Menge jubelte. Und die Soldaten standen in strammer Haltung Gewehr bei Fuß, als Flaggen über den Sarg gebettet und das Bein in sein neues und erhabeneres Grab gesenkt wurde.

Bedauerlicherweise hatte derselbe Oberstallmeister Dienst in der Hauptstadt, als sich etwa zwei Jahre später ein plötzlicher Stimmungsumschwung Luft machte: Viele Mexikaner hatten Santa Annas ausschweifende Pomphaftigkeit satt. Der Oberstallmeister mußte voller Entsetzen beobachten, wie der Pöbel ein vergoldetes Standbild des Diktators in der Stadtmitte umstürzte, dann randalierend durch die Straßen zog und in Jubelstürme ausbrach, als ein glutäugiger, rasender Anführer ausrief: »Jetzt holen wir uns das verdammte Bein!« In sicherem Abstand folgte der junge Offizier der tobenden Horde und mußte mit ansehen, wie sie das Tor des Santa-Paula-Friedhofs niederriß, das Ehrengrabmal zerstörte, in dem des Diktators Bein ruhte, die Knochen ausgrub und sie johlend durch genau die gleichen Straßen schleifte, durch die sie zwei Jahre zuvor mit so viel Würde und Aufwand eskortiert worden waren. Und er war völlig entgeistert, als er erleben mußte, wie die Knochen zerteilt und in mehrere verschiedene Stadtteile verschleppt wurden, wo sie allesamt auf Müllhaufen ein schmähliches Ende fanden.

Über Seitensträßchen begab der Mann sich zum Palast, von dem aus der Diktator mit so unangefochtener Autorität regiert hatte. Dort traf er Santa Anna dabei an, wie dieser gerade seine Holzbeine in ihrem Lederkoffer verstaute und sich auf die Flucht vorbereitete. Als sein Oberstallmeister ihm von den Vorfällen auf dem Friedhof berichtete, setzte der große Feldherr sich schwer auf einen Karren, der mit Gegenständen aus Silber beladen war, und schluchzte: »Mein Bein? Das Wahrzeichen meines Ruhmes? Der Beweis meiner Liebe zu Mexiko? Soll das etwa heißen, man hat es durch die Straßen geschleift?«

Und damit humpelte er davon in ein weiteres lebenslanges Exil. Als er in der Abenddämmerung verschwand, murmelte der junge Mann: »Ohne ihn wird Mexiko niemals begreifen, was wahrer Ruhm und Glanz sind.«

Wie nicht anders zu erwarten, blieb Santa Anna nicht lange im Exil. Als die Zustände in Mexiko sich derart verschlechtert hatten, daß ein Krieg mit den Vereinigten Staaten ausgebrochen war, rief sein Heimatland ihn zurück (mit freudigster Zustimmung und eifrigster Unterstützung von US-Präsident Polk). Er wurde erneut zum Präsidenten ernannt und überdies wieder mit allen diktatorischen Vollmachten ausgestattet. Es war ein glänzender Triumph, dem allerdings nur ein kurzes Leben beschieden sein sollte.

Voller Entschlossenheit, die texanischen Gebiete zurückzuerobern, die er bei der Schlacht von San Jacinto verloren hatte, und obendrein die Vereinigten Staaten wegen ihrer Überheblichkeit zu bestrafen, stellte dieser einbeinige Abenteurer wieder eine gewaltige Streitmacht auf – und wieder so erbärmlich ausgerüstet wie zuvor, weil die Offiziere noch immer die Angewohnheit hatten, Gelder zu stehlen, die für die Anschaffung von Waffen, Pferden und Uniformen bestimmt waren. Santa Anna schickte diese Armee in jene Schlachten, die als mexikanisch-amerikanischer Krieg von 1846 in die Geschichte eingegangen sind. Ein einziges Mal im Verlauf dieses Krieges sah es tatsächlich so aus, als könnte Santa Anna die Amerikaner besiegen und Texas zurückerobern, doch mit der Zeit setzten sich die überlegenen amerikanischen Streitkräfte durch: Eine Armee rückte von Norden heran und schob die mexikanischen Truppen vor sich her; eine zweite landete in Veracruz, marschierte über die Hochebene, den *altoplano*, bis nach Mexiko City und eroberte die Hauptstadt. Es war ein überwältigender Sieg der Amerikaner, der zu einem aufdiktierten Friedensvertrag führte, in dem Mexiko wegen seines unbelehrbaren Feldherrn/Diktators Santa Anna riesige Territorien an die Vereinigten Staaten abtreten mußte. Auf diese Weise wurde Santa Anna, was den Verlust von Hoheitsgebieten betraf, der kostspieligste Präsident, den Mexiko sich je geleistet hat.

Erneut wurde er ins lebenslange Exil verjagt, diesmal für fünf Jahre nach Jamaika. Dann wurde Santa Anna von einer Nation, die ihre Lektionen nur sehr, sehr langsam lernte, noch einmal zum Präsidenten ernannt. 1853 nahm er gar den Titel ›Seine durchlauchtigste Hoheit‹ an. Doch Seine Hoheit wurde nach zwei Jahren von liberalen Kräften wieder aus seinem Amt entfernt und erneut ins Exil verbannt. Diesmal blieb er fast zehn Jahre außer Landes. Bei allem, was er tat – ungeachtet seiner hin und wieder guten Absichten –, war das Ergebnis immer wieder eine Katastrophe für seine Nation.

Obwohl Santa Anna es nach dem Krieg mit den Vereinigten Staaten in seinen letzten achtundzwanzig Lebensjahren (von denen er vierundzwanzig im Exil verbrachte) nicht mehr schaffte, Mexiko weitere irreparable Schäden zuzufügen, versuchte er mit ungebrochenem Eifer, noch einmal in der mexikanischen Politik Fuß zu fassen. In der Abgeschiedenheit von St. Thomas auf den (damals dänischen) Jungferninseln, wußte er wahrscheinlich nicht einmal, daß sein alter Gegenspieler Sam Houston inzwischen gestorben war. Der mexikanische General hatte von den Texanern so schmählich Prügel bezogen, daß er es vorzog, sich nicht mehr mit ihnen zu befassen. Doch sein Verlangen, im Rampenlicht der Öffentlichkeit zu stehen, konnte er niemals ablegen, und er sollte tatsächlich Gelegenheit bekommen, noch einige seiner gewaltigen politischen Zick-Zack-Sprünge zu demonstrieren und sein zerfleddertes Fähnchen im rasch drehenden Wind zu schwenken.

Als der reinblütige indianische Volksheld Benito Juárez 1861 zum mexikanischen Präsidenten gewählt worden war, weil er wie alle anderen auch versprochen hatte, Mexiko Ordnung und Demokratie zu bringen, hatte Santa Anna ihm begeistert Beifall gespendet und sich freiwillig angeboten, der neuen Ordnung seine hingebungsvolle Unterstützung zu gewähren.

Wie nicht anders zu erwarten, erklärte Santa Anna sich zum größten Feind des neuen Regimes, kaum daß Juárez in die ersten politischen Schwierigkeiten geriet. 1863, nach zwei Jahren, gelangten Juárez' konservative Gegner zu der bitteren Erkenntis, daß »kein Mexikaner fähig ist, dieses Land zu regieren. Unsere Politiker sind allesamt Schurken.« Santa Anna konnte da nur zustimmen. Er war sich offensichtlich nicht bewußt, daß man auch ihn in dieses vernichtende Urteil mit einbezogen hatte. Dennoch ließ er verkünden, er sei ein erbitterter Gegner des Juárez-Regimes, und stellte sich lautstark auf die Seite der Konservativen, als sie eine ausgesprochen radikale Lösung der politischen Probleme versuchten. Sie sandten dem prunksüchtigen französischen Kaiser Napoleon III. eine verzweifelte Petition, in der sie ihn baten, sich nach einem vertrauenswürdigen europäischen Prinzen umzusehen, der nach Mexiko kommen und dem Land als Kaiser dienen sollte. Napoleon willigte ein und traf eine ausgezeichnete Wahl: den ernsten, würdevollen jüngeren Bruder des österreichischen Kaisers.

Erzherzog Maximilian war einunddreißig Jahre alt, hochgewachsen, schlank, gutaussehend und mit einer überdurchschnittlichen Intelligenz gesegnet; mindestens ebenso wichtig war jedoch die Tatsache, daß er mit der ausgesprochen schönen Tochter des belgischen Königs verheiratet war: Marie-Charlotte-Amélie-Augustine-Victoire-Clémentine-Léopoldine, später bekannt als Carlota, Kaiserin von Mexiko und getreue Gattin des unglückseligen Maximilian.

Nachdem die beiden ihren triumphalen Einzug in Mexiko gehalten hatten, dauerte es nicht lange, bis Santa Anna sich daran erinnerte, daß er ja eigentlich immer schon Monarchist gewesen war, woraufhin er dem königlichen Paar seine Unterstützung aufzudrängen versuchte – bis ihre Herrschaft zu zerbröckeln begann. Als Napoleon III. es versäumte, dem jungen Kaiserpaar Truppen zu Hilfe zu schicken, und als in den Vereinigten Staaten drohende Stimmen gegen Maximilian laut wurden, weil die europäisch-kaiserliche Herrschaft in Mexiko eine Verletzung der Monroe-Doktrin – Amerika den Amerikanern! – darstellte, ließ Santa Anna das Kaiserpaar schleunigst im Stich. Von den Jungferninseln, auf die er wieder einmal verbannt worden war, sandte er einen Aufruf, den er stolz als ›mein Manifest vom 8. Juli 1865‹ bezeichnete; neuester in der langen Reihe seiner bombastischen Ergüsse. Santa Anna sagte mit stolzgeschwellter Brust über dieses Werk: »Mein Manifest fand überall dort, wo es gelesen wurde, ungeheuren Anklang und trug dazu bei, die Revolution gegen Maximilian zu entfachen.«

Seine epochale Abwendung vom Kaiser brachte ihm jedoch nichts ein, denn man forderte ihn nicht, wie erhofft, auf, aus dem Exil zurückzukehren und sich an die Spitze des wachsenden militärischen

Widerstands zu setzen. Statt dessen blieb er auf den Jungferninseln, ein einsamer, einbeiniger Mann, mittlerweile über siebzig Jahre alt und gebrechlich; eine traurige Gestalt, die durch die Straßen von St. Thomas schlurfte und die nur noch vom törichten Traum zehrte, schon bald nach Mexiko City gerufen zu werden, um wieder die politische Führung des Landes zu übernehmen. In dieser beinahe schon mitleiderregenden Verirrung stolperte er kopfüber in das absurdeste seiner vielen Abenteuer.

An einem Januartag des Jahres 1866, als Santa Anna in einer Kneipe an der Küste herumlungerte und eine Gruppe dänischer Seeleute mit Geschichten über die glorreichen Zeiten ergötzte, als er Mexiko regiert hatte, stürmte ein Amerikaner mit einer aufregenden Neuigkeit in die Kaschemme. »General!« rief er. »Das Schiff da draußen! Es ist aus Amerika, und wissen Sie, wer an Bord ist? Der Innenminister der Vereinigten Staaten von Amerika! Ein Mann namens Seward, und er ist extra hierhergekommen, um Sie zu treffen!«

Santa Anna erhob sich, nahm eine majestätische Haltung ein, klopfte sich den Staub aus der Kleidung und sagte: »Das überrascht mich nicht. Er ist gekommen, um sich meiner Hilfe zu versichern, diesen Eindringling Maximilian aus Mexiko hinauszuwerfen.« Dann fügte er mit allen Anzeichen imperialer Würde hinzu: »Ich werde den Minister jedenfalls nicht aufsuchen. Ich war das Oberhaupt einer großen Nation. Er soll gefälligst zu mir kommen.«

Damit stolzierte er zu seiner schäbigen Unterkunft und bereitete sie, so gut es ging, darauf vor, den Amerikaner zu empfangen. Immerhin sollte dessen Geld es ihm, Santa Anna, ja ermöglichen, an der Spitze einer Befreiungsarmee in Mexiko einzumarschieren.

William H. Seward, ein kluger, tüchtiger Politiker, der schon während des gesamten Bürgerkrieges unter Präsident Lincoln Außenminister gewesen war und dieses Amt nun im Kabinett des neuen Präsidenten Polk bekleidete, war tatsächlich nach St. Thomas gesegelt. Er wollte feststellen, ob die Möglichkeit bestand, Dänemark die Inseln abzukaufen, um einen amerikanischen Flottenstützpunkt in der Karibik errichten zu lassen.[7]

Obwohl Seward ganz und gar nicht nach St. Thomas gekommen war, um sich mit Santa Anna zu treffen, war er so höflich, an Land zu gehen, um dem eitlen alten Mann einen Besuch abzustatten. Er dauerte weniger als eine Stunde. Doch schon diese kurze Berührung mit der Macht entfachte das Temperament des Generals dermaßen, daß er sich einredete, eine Verschwörung gegen Maximilian wäre im Gange: Der Kaiser sollte vom Thron gestürzt werden, und er, Santa Anna, sollte der Führer dieses Umsturzes sein, von amerikanischen Soldaten und amerikanischem Geld unterstützt.

In dieser Nacht fand er keinen Schlaf. Als Sewards Schiff am nächsten Morgen in aller Stille davonsegelte, ohne daß der Amerikaner dem greisen Ex-Diktator irgendein Versprechen gegeben oder auch nur eine Andeutung gemacht hatte, was den ›Umsturz‹ betraf, verlor Santa Anna nicht den Mut. »Gespräche auf einer Ebene wie zwischen mir und Seward«, erklärte er den Seeleuten in der Hafenkneipe, die beobachteten, wie das Schiff davonsegelte, »werden nicht mit Signalhörnern geführt.«

Damit hätte das harmlose Mißverständnis eigentlich aus der Welt geschafft sein müssen, aber die verschlagenen, hinterhältigen mexikanischen Rechtsverdreher, die sich schon immer um Santa Anna geschart hatten, sahen eine Möglichkeit, den alten Mann um sein verbliebenes Geld zu prellen, das er mit ins Exil genommen hatte; sie setzten einen Brief auf, der angeblich von Seward stammte: Santa Anna sollten immense amerikanische Geldmittel für eine Invasion Mexikos und die Vertreibung Maximilians zur Verfügung gestellt werden. Dieses Geld, so wurde Santa Anna in dem Brief mitgeteilt, läge in New York bereit und würde ihm ausgehändigt, sobald er dort einträfe.

Der törichte alte Mann fiel auf diesen Betrug herein. Er gab den größten Teil seines verbliebenen Vermögens für ein verrücktes Unternehmen aus: den Kauf eines teuren Schiffes, mit dem er dann hoffnungsvoll nach Amerika segelte. Er war völlig sicher, mit diesem Schiff auch die triumphale Invasion Mexikos an der Spitze seiner Truppen zu führen.

Leider erlitt er statt dessen einen katastrophalen Schiffbruch, als er in New York einsegelte: Er hatte seinen vermeintlichen Mitverschwörern zwar das Geld für den Kauf des Schiffes übergeben; diese aber hatten es nicht an den Eigner weitergeleitet, sondern in den eigenen Taschen verschwinden lassen. Vor dem Gesetz war Santa Anna somit ein Pirat mit einem gestohlenen Schiff.

Zudem hatte Außenminister Seward weder die leiseste Ahnung, daß der alte Krieger nach New York gesegelt war, noch hatte er jemals den Wunsch gehabt, irgendwelche phantastischen Pläne für eine Invasion Mexikos mit ihm durchzusprechen;

Santa Anna war ohne Schiff, ohne Freunde und ohne Geld in New York gestrandet.

Doch ungeachtet all der Katastrophen, die in Amerika schon über ihn hereingebrochen waren, hinterließ er eine unauslöschliche Erinnerung unkriegerischer Natur in diesem Land. Das ausgekochte Schlitzohr hatte eine seltsame, weißliche Flüssigkeit mitgebracht, die er auf einer seiner Reisen entdeckt hatte. Sie stammte vom Chicle-Baum, der auf Yucatán wuchs. »Wenn Sie diese Flüssigkeit trocknen lassen«, erklärte er einer Gruppe New Yorker Geschäftsleute, »wird sie zäh, so ähnlich wie Gummi. Und wenn Sie dann Zucker und ein bißchen Pfefferminz in die Substanz mischen und sie kauen, schmeckt sie großartig.« Auf diese Weise wurde das amerikanische Kaugummi geboren – dank der Phantasie des Santa Anna.

Im Mai 1867 kam ihm die aufregende Nachricht zu Ohren, daß Kaiser Maximilian von einem Exekutionskommando Benito Juárez' erschossen worden war, und für kurze Zeit hoffte Santa Anna, daß ein politisch auferstandener Juárez ihn bitten würde, in die Heimat zurückzukehren und bei den Regierungsgeschäften zu helfen. Doch auch dieser Traum ging nicht in Erfüllung. Juárez wußte, wie unsicher und schwankend Santa Annas ›Unterstützung‹ aussehen konnte, und ließ ihn wissen, daß er niemals etwas mit ihm zu tun haben wolle. Er verzichtete zwar darauf, den senilen alten Mann gesetzlich verfolgen zu lassen, schenkte ihm aber auch keinerlei Beachtung. Was Mexiko betraf, existierte Santa Anna nicht mehr. Es stand ihm frei, in die Heimat zurückzukehren, nur würden diesmal keine Trommelwirbel oder Fanfarenstöße seine Ankunft begrüßen.

Glücklicherweise hat Santa Anna nie erfahren, daß seine plötzliche Abwendung von Maximilian und dessen zarter, empfindsamer Kaiserin Carlota ein tragisches Nachspiel hatte. Als diese erfuhr, daß man ihren Mann exekutiert hatte, war der Schock so groß, daß sie in einen hoffnungslosen Zustand geistiger Umnachtung verfiel. Sie überlebte alle anderen Beteiligten dieser bewegten Jahre des Sieges und der Verzweiflung und kehrte nach Europa zurück, auf ein Schloß in Belgien, wo sie noch sechzig Jahre dahinvegetierte; sie starb 1927.

1874, in seinem achtzigsten Lebensjahr, war Santa Anna ein einsamer, vergessener Verbannter, der ›Ewige Jude‹ der mexikanischen Politik. Er lebte mittlerweile im Exil in Nassau auf den Bahamas, wo er die letzten Seiten seiner Autobiographie niederschrieb, eine Mischung aus bitteren Anschuldigungen gegen all jene, von denen er sich ungerecht behandelt fühlte, und dem kläglichen Versuch einer Rechtfertigung: gewisse Schritte, schrieb er, die er als Präsident und Feldherr unternommen habe, mochten zum damaligen Zeitpunkt schmachvoll erschienen sein, seien ihm aber von den höchsten moralischen Prinzipien und seinem unbedingten und unerschütterlichen Festhalten am Ehrenkodex aufgezwungen worden. So lächerlich, wie diese wirren Rechtfertigungsversuche auch waren – bestimmte Abschnitte der Autobiographie sind einerseits bewegend, andererseits eine dreiste Verdrehung der Tatsachen:

> Achtzehn Jahre und sechs Monate habe ich die herzzerreißende Verbannung aus meinen Vaterland erduldet. Meine politischen Feinde haben

mich erbarmungslos verfolgt und mich mit Beschuldigungen überhäuft. Nichts ist ihnen heilig. Sie haben mich meiner Kräfte und Mittel beraubt. Sie haben mir all das entrissen, was ich mir in vielen aufopferungsvollen Jahren durch meinen Schweiß und mein Blut erworben habe. Sie haben mir nicht einmal ein Stückchen Land gelassen, nicht einmal eine Hütte, die meinen müden Gliedern Herberge und Schutz bieten kann, nicht einmal einen Stein, auf den ich mein Haupt zu betten vermag ...

Wenn ich einst für immer die Augen schließe, so möchte ich nur als der Mensch betrachtet werden, der ich bin, und nicht als einer, wie ihn meine Feinde aus mir machen wollen. Würde man mich fragen, welchen Titel ich mir wünschte, so würde ich schlicht antworten: ein ›Patriot‹. Ich überlasse es dem verständnisvollen und gewissenhaften Leser, über all das zu richten, was ich getan habe und seine eigenen Schlüsse zu ziehen, was meine Glaubwürdigkeit anbelangt ...

All jene, die sich die Mühe machen, meine Memoiren zu lesen, werden gewiß erkennen, daß ich stets als Patriot gehandelt habe, der seiner Nation nach besten Kräften gedient hat. Ich bin überzeugt, daß dieses Werk sich der Dankbarkeit meines Landes würdig erweisen wird, und ich bin noch zuversichtlicher, daß die Nachwelt mir in ihrem Urteil wahre Gerechtigkeit widerfahren läßt.

Auch am Ende seiner Tage, obwohl schon über achtzig Jahre alt und fast erblindet, war Santa Anna unverdrossen bestrebt, seinen verlorenen

Ruhm zurückzuerobern. Die Gelegenheit für einen letzten Versuch dazu ergab sich, als Präsident Ulysses S. Grant im Jahre 1876, seinem letzten Amtsjahr, einen geheimen Gesandten nach Mexiko City schickte. Er hatte den Auftrag, dort Gespräche über ein Handelsabkommen zu führen, das die Beziehungen zwischen Mexiko und den Vereinigten Staaten verbessern sollte. Für diese heikle Mission wählte Grant einen vertrauenswürdigen Veteranen, der schon im Bürgerkrieg bei der Belagerung Vicksburgs an seiner Seite gekämpft und bei der Verteidigung einer Nordstaaten-Redoute einen Arm verloren hatte. Dieser Herr segelte inkognito, unter dem Namen Mr. Bascomb, mit seiner Gattin nach Mexiko.

Nachdem Bascomb und Gemahlin in Veracruz von Bord gegangen und in den bereitstehenden Eisenbahnzug gestiegen waren, der sie nach Mexiko City bringen sollte, hatten sie kaum ihre Sitzplätze im Salonwagen eingenommen, als ein redseliger mexikanischer Herr sich zu ihnen gesellte, der eifrig bemüht war, den beiden Amerikanern die Reise unterhaltsam zu gestalten. »Schauen Sie sich die alte Festung in der Bucht an. Die Hälfte aller berühmten Männer in der Geschichte unseres Landes haben dort in den Gefängniszellen geschmachtet.«

Schaudernd fuhr er fort: »Wissen Sie eigentlich, daß auch Ihr Santa Anna längere Zeit in einer dieser Zellen gesteckt hat?«

»Warum sagen Sie ›Ihr Santa Anna‹?«

»Nun, Ihr Amerikaner habt ihn gekauft, nicht wahr? Ihr habt ihm Geld gegeben, damit er uns Mexikanern Böses tut. Und er hat uns dann ja auch schreckliche Dinge angetan, stimmt's?«

»Ich kenne nur seinen Namen«, erwiderte der

Gesandte. »Ich bin Texaner, und unsere Kinder wissen nur noch aus alten Geschichten, wie übel Santa Anna den Texanern mitgespielt hat.«

»Sind Sie in Tejas geboren?«

»South Carolina.«

»Da sehen Sie's!« rief der Mexikaner triumphierend. »Ihre Regierung hat Tausende von Menschen aus den Staaten geschickt. Damit sie uns Tejas stehlen!«

»Ich bin erst viel später dorthin gekommen«, sagte Bascomb.

»Es ist wirklich merkwürdig«, sagte der Mexikaner auf spanisch. »Nie treffe ich jemanden, der in Tejas geboren ist. Ihr alle habt euch als Diebe in unser Land geschlichen.«

»Ist Santa Anna hinter diesen Festungsmauern gestorben?«

»O nein, er ist nicht tot. Er lebt zur Zeit in Mexiko City. Meine Schwester wohnt ganz in der Nähe.«

»Der große Santa Anna? Der Sieger vom Alamo? Soll das heißen, er lebt immer noch?«

»Ja, mit dem einen Bein und so weiter. Ist viele Male verbannt worden, angeblich auf Lebenszeit. Man hat ihn aber immer wieder zurückgeholt. Sein letztes Exil war Kuba oder Nassau. Oder die dänischen Jungferninseln, ich weiß es nicht genau. Er war schon überall. Ist aber immer wieder nach Hause gehumpelt.«

»Das ist ja unglaublich. Er muß fast neunzig Jahre alt sein!«

»Er ist alt, hat keine Titel, kein Land, kein Geld, aber er ist so lebendig wie Sie und ich. Jedenfalls war er's noch, als ich nach New Orleans gesegelt bin.«

Bascomb schloß mit dem Geschäftsmann folgenden Handel ab: »Sobald wir in Mexiko City sind, müssen Sie mir Ihren alten Helden vorstellen.«

»Ich werde Sie zu meiner Schwester bringen. Sie weiß, wo er wohnt.«

Als der Zug sich die steile Strecke zum *altoplano* hinauf quälte, jener Hochebene, auf der sich das von Vulkanen umgebene Mexiko City ausbreitet, fragte der Mexikaner freundlich: »Sie haben mir noch gar nicht gesagt, warum Sie hierhergekommen sind, Mr. Bascomb.«

»Um für einen dauerhaften Frieden zwischen unseren beiden Ländern zu sorgen.«

Nach dieser verblüffenden Eröffnung verfiel der Mexikaner eine Zeitlang in Schweigen, um dann plötzlich in Gelächter auszubrechen. »Frieden! Ihr Amerikaner habt alles getan, um den Frieden unmöglich zu machen. Ihr seid in unser Land eingefallen. Habt uns riesige Gebiete gestohlen. Unseren Präsidenten gekauft. Uns gedemütigt.« Er warf die Hände in die Höhe und fuhr mit grollender Stimme fort: »Aber Mexiko gibt es noch immer. Wir sind hier unten im Süden, und ihr seid droben im Norden. Grenze stößt an Grenze, und nichts auf Erden wird uns jemals trennen. Darum haben Sie vermutlich recht. Wir sollten eine Art Frieden schließen.«

Nach der Ankunft in Mexiko City rechnete Bascomb nicht damit, den Mann jemals wieder zu sehen, doch am dritten Tag erschien der Mexikaner in der amerikanischen Botschaft: »Meine Schwester ist hier, um Sie zu Santa Anna zu bringen.«

Die Frau führte den Amerikaner durch das Gewirr des Armenviertels der Stadt, bis sie an eine schäbige, lärmende, belebte Straße gelangten, an der Generalissimo Santa Anna, einst Besitzer riesiger Landgüter, in ärmlichsten Verhältnissen wohnte.

»Er ist bestimmt zu Hause«, sagte die Frau, als sie an eine rauhe hölzerne Tür klopfte. »Ein Besucher aus den Vereinigten Staaten«, sagte sie zu einer schwarz gekleideten Señora von verblaßter Schönheit, Santa Annas zweiter Frau, die dieser kurz nach dem Tod seiner ersten geheiratet hatte. Sie führte die Besucher in das vordere der beiden kleinen Zimmer; dann verschwand sie im dahinter liegenden Raum.

Während die Besucher auf Santa Anna warteten, ließ Bascomb den Blick durch das Zimmer schweifen: vier mit verschiedenen Stoffen umwickelte Holzbeine hingen von einer Wandhalterung; ein Schreibtisch, auf dem ein hoher Stapel vergilbter Papiere lag; drei Stühle mit beschädigten Sitzflächen aus Rohrgeflecht; eine Chromolithographie, die den großen Mann in seinen ruhmreichen Tagen hoch zu Roß zeigte.

Dann teilte sich der Perlenschnurvorhang, der die beiden Zimmer trennte, und ein alter, für einen Mexikaner sehr hochgewachsener Mann von zweiundachtzig Jahren hüpfte auf einem Bein ins Zimmer. Sein Blick war leer, sein Gebiß gelbfleckig und seine Stimme zitternd, als er seine Besucher begrüßte; nur sein Haar war noch immer voll und schwarz wie Ebenholz.

Als die Frau, die Bascomb zu Santa Anna geführt hatte, ihn als ›Botschafter der Vereinigten Staaten‹ vorstellte, straffte sich die Haltung des alten Kriegers; seine Gesichtszüge wurden fester, gebieterischer, und er wurde wieder zum General von einst, zum Präsidenten eines stolzen, unabhängigen Staates.

»Verzeihen Sie, daß ich Sie habe warten lassen«, entschuldigte er sich auf spanisch. Dann fügte er in gutem Englisch hinzu: »Ich habe an meinen Memoiren gearbeitet.« Nach diesen Worten hüpfte er zur Wand hinüber, nahm das Uniform-Holzbein von der Halterung und befestigte es am Beinstumpf; dann trat er auf Bascomb zu und schüttelte ihm herzlich die Hand: »Ich bin immer sehr daran interessiert, mit Generalbevollmächtigten aus unserer Schwesterrepublik im Norden Unterredungen zu führen.« In einem langen Bericht wurde Präsident Grant von seinem geheimen Gesandten darüber informiert, was anschließend geschah:

> Der arme alte Kerl war der Meinung, daß Sie mich zu ihm geschickt hätten, um eine Art Vertrag mit ihm auszuarbeiten, in dem er Mexiko in dauerhafte gutnachbarliche Beziehungen mit den Vereinigten Staaten führen sollte, und bevor ich ihn eines Besseren belehren konnte, rasselte er wie eine Muskete, die schnell hintereinander abgefeuert wird, mehrere Vorschläge herunter. Er war überzeugt, daß Sie sich für eine seiner Anregungen sicherlich interessieren. Jedenfalls begann jeder dieser Vorschläge mit der Forderung, ihm drei Millionen Dollar auszuzahlen. Mit diesem Geld wollte er seine Regierung, auf die er noch immer großen Einfluß zu haben glaubt, dazu bewegen, uns gegenüber versöhnliche Zugeständnisse zu machen. Er war sicher, einen dauerhaften Frieden zwischen unseren beiden Nationen erreichen zu

können, sofern die drei Millionen Dollar sinnvoll investiert würden.

Als ich ihm zu erklären versuchte, daß mein Besuch inoffizieller Natur sei und daß ich eigentlich nur die Absicht habe, einem in der texanischen Geschichte so berühmten General wie ihm meine Aufwartung zu machen, gelangte er offenbar zu dem Schluß, daß ich seine Forderung nach den drei Millionen Dollar als zu hoch betrachtete; daher sagte er mit wachsender Erregung: »Herr Botschafter, ich versichere Ihnen, daß ich für nur eine Million Dollar eine sehr aufsehenerregende Übereinkunft zwischen Ihrem und meinem Land herbeiführen kann«, und dann unterbreitete er mir zwei andere Vorschläge, die sich völlig von den ersten unterschieden.

Einmal im Verlauf des Gesprächs blickte er mich scharf an und versuchte, trotz seiner fast völligen Erblindung mein Gesicht zu erkennen. Er gelangte offensichtlich zu der Ansicht, daß es sich bei mir um Außenminister Seward handle, der zu ihm gekommen wäre, um seine Hilfe zu erbitten, Kaiser Maximilian zu stürzen. Daraufhin erging er sich erneut in einer Reihe von Vorschlägen, wie dies zu bewältigen sei, doch als ich ihn daran erinnerte, daß Maximilian schon lange nicht mehr unter uns weile, seufzte er: »Natürlich. Juárez, diese Bestie, hat ihn erschossen. Schändlich. Nun, mein lieber Freund Seward, so etwas geschieht nun mal in Mexiko, aber wir Männer von Ehre mißbilligen solche Handlungsweisen.«

Schließlich mußte ich ihm ziemlich deutlich, fürchte ich, klarmachen, daß ich ihm, dem alten

Feldherrn, nur einen Höflichkeitsbesuch abstatten wolle und sonst gar nichts, und ich konnte beobachten, wie er plötzlich die Schultern hängen ließ und alle Erregung aus seinem Gesicht verschwand. »Ich bin ein am Boden zerstörter alter Mann«, sagte er mit beinahe mitleiderregender Stimme. »Sehen Sie nur, was man mit meinen Ländereien gemacht hat«, und er wühlte in den Papieren auf dem Schreibtisch herum. Da ich wußte, daß er mich nicht sehen konnte, trat ich näher an ihn heran, schaute in sein Gesicht und entdeckte eine dicke trübe Schicht auf seinen Augen.

Er erzählte mir, daß die Regierung bei seiner letzten lebenslangen Verbannung all seine Ländereien beschlagnahmt habe. Diese Verbannung war am 1. November 1867 über ihn verhängt worden, wie er sich aufgrund seines hervorragenden Gedächtnisses für alles, was sein eigenes Schicksal betrifft, erinnern konnte. Bei diesen Ländereien handelt es sich um jenen riesigen Grundbesitz in der Nähe von Veracruz. Er sei jetzt gezwungen, seinen Lebensunterhalt von den Almosen zu bestreiten, die alte Freunde ihm zukommen ließen. »Aber ich habe viele Freunde«, versicherte er mir, »und würde Ihre Regierung nur ein einziges Wort der Ermutigung sagen, würden sie mich wieder ins Amt des Präsidenten berufen.« Mit offensichtlichem Stolz fügte er hinzu: »Ich bin elfmal Präsident gewesen, wissen Sie, und habe mein Amt immer angetreten, weil das Volk darauf bestanden hat.«

Als er das sagte, streckte er die Hand aus, um meinen Arm zu ergreifen. Obwohl er größere

Gegenstände anscheinend noch ausmachen konnte, war seine Sehkraft nicht mehr stark genug, um zu erkennen, daß ich meinen linken Arm verloren hatte. Als er danach tastete, hielt er plötzlich inne und sagte: »Minister Seward! Wie ich feststellen muß, haben Sie Ihren Arm verloren. Ich hoffe doch sehr, auf dem Schlachtfeld, oder?«

»Vicksburg«, sagte ich, und ganz spontan lieferte er mir eine kritische Darstellung des Verlaufs dieser Schlacht, bei der Sie in seinen Augen eine herausragende Rolle spielten, wie er mich überhaupt durch seine immensen Kenntnisse verblüfft hat, denn Name um Name kam ihm mit allergrößter Leichtigkeit über die beredsame Zunge, und ihm unterlief nicht ein einziger Fehler.

Als er mit seiner militärischen Analyse fertig war, rief er mit wieder aufflammender Begeisterung: »Teilen Sie Ihrem Präsidenten mit, daß er sich durch seine prächtige Leistung bei Vicksburg die Bewunderung des Napoleons des Westens erworben hat.«

Als ich ihm schließlich zu verstehen gab, daß ich zum Aufbruch rüsten wollte, bettelte er mich an, noch zu bleiben, also tat ich ihm diesen Gefallen, was ihn mit frischem Mut erfüllte, denn er legte mir mit höchstem Überschwang einen Plan dar, von dem ich zugeben muß, daß er unter den gegebenen Umständen ausgesprochen raffiniert war. Für nur eine Million Dollar, die auf sein Konto eingezahlt werden sollten, wollte er die mexikanische Regierung dazu bringen, einen Vertrag mit uns abzuschließen, der so lange Gültigkeit besitzt, wie der Rio

Grande unsere beiden Länder trennt. Als ich ihm sagte, ich müsse mich jetzt aber wirklich verabschieden, begleitete er mich bis zur Straße und bewegte sich dabei mit kräftigen Schritten und ohne im geringsten zu humpeln. Kinder rannten an der Tür vorüber, hielten kurz inne und riefen: »Hallo, General«, blieben aber nicht stehen.

Zum Schluß salutierte er zackig und bat mich, recht bald wiederzukommen, da er noch viele andere Vorschläge habe, die Sie gewiß interessieren würden, da sei er sicher. Einige Wochen später war er tot, und ich gehörte zu der Handvoll Trauergäste, die seinem erbärmlichen Leichenzug zum Armengrab-Eckchen auf dem Friedhof folgten, wo er dann bestattet wurde. Da er darauf bestanden hatte, wurden seine vier Holzbeine mit ihm begraben.

Als Bascomb und seine Frau sich nach der Beisetzung auf dem Nachhauseweg befanden, verfiel der Gesandte in eine nachdenkliche Stimmung: »Santa Anna und Houston. Wenn man an den einen denkt, vergleicht man ihn unwillkürlich mit dem anderen. Sie waren sich in vielerlei Hinsicht ähnlich ... Beide haben gewaltige Triumphe gefeiert. Beide haben erschütternde Niederlagen erlitten. Beide haben höchste Machtpositionen erobert ... General, Senator, Präsident, Diktator. Beide haben das Schicksal erlitten, in die Verbannung geschickt zu werden, und beide sind in Ungnade gestorben.«

Es war Mrs. Bascomb, welche die Grabrede für die beiden Helden lieferte: »Sie waren beide Patrioten, jeder auf seine halsstarrige Weise.«

ADLER UND RABE! Wie ähnlich diese beiden Männer sich waren: egoistisch, mutig weit über das normale Maß hinaus, ehrgeizig, launenhaft; sie liebten die Schlacht und den Pulverrauch; sie hatten keine Furcht, sich in die Abgeschiedenheit zurückzuziehen, um ihre Gedanken neu zu formen und zu ordnen; sie waren klüger als ihre Freunde und Mitstreiter, weitsichtiger, schneller in ihren Entscheidungen; sie waren beide von hohem Wuchs und blendendem Äußeren; und einer wie der andere war davon überzeugt, daß all sein Tun unter einem glücklichen Stern stand.

Beide haben außergewöhnliche Erfolge erlebt. Beide hatten sich aufgrund ihrer Leistungen und Verdienste den Generalsrang erworben, und beide erlangten höchste politische Machtpositionen. Im Jahre 1836 hatte Santa Anna seinen unverantwortlichen Taschenspielertrick vervollkommnet, bei jedem Problem die Präsidentschaft abzulegen, um sich dann wieder als ›Retter in der Not‹ ins Amt berufen zu lassen, während Houston in jenen Jahren längst seinen geordneteren, disziplinierten Karriereweg eingeschlagen hatte: Kongreßabgeordneter und Gouverneur von Tennessee, Präsident des neugebildeten, unabhängigen Staates Texas, Senator der Vereinigten Staaten und schließlich Gouverneur des neuen US-Bundesstaates Texas. Beide Männer waren auf eigene Entscheidung aus hohen Ämtern ausgeschieden und in die selbstgewählte Einsamkeit gegangen, um ihre Kräfte zu sammeln und ihre Pläne neu zu gestalten. Und beide liebten das Risiko und die Gefahr, den Kampf und die Bewährung, das Pathos und die große Geste. Sie beide waren Abenteurer.

Eine der interessantesten Ähnlichkeiten zwischen Houston und Santa Anna wird in ihrem Verhältnis zu Frauen deutlich. Beide haben verhältnismäßig spät zum erstenmal geheiratet: Santa Anna eine verschlossene Frau, die ihm eine untertänige Dienerin war und seine außerehelichen Eskapaden stillschweigend hinnahm; Houston hingegen eine junge Hysterikerin, die beinahe sein Leben zerstört hätte. Doch beide Männer heirateten später ein zweites Mal; Frauen, die beträchtlich, ja, bedenklich jünger waren als sie selbst, mit denen sie aber weitaus glücklichere Ehen führten: Houston erwählte die stille, bedächtige Tochter eines Pfarrers, die ihm viele prächtige Kinder schenkte; Santa Anna beschritt bei seiner zweiten Eheschließung, wie nicht anders zu erwarten, einen spektakuläreren Weg.

Als seine so ungemein duldsame, tolerante erste Frau im Jahre 1844 starb, trug Santa Anna in der Öffentlichkeit eine bewegende Trauermiene zur Schau, was aber nur zwei Monate anhielt; dann bestimmte er ein fünfzehnjähriges Mädchen von außergewöhnlicher Schönheit zur zweiten Gattin. Die Heirat erregte unter den traditionsbewußteren Familien der mexikanischen Gesellschaft erheblichen Unwillen, aber nur für kurze Zeit, denn die neue Señora Santa Anna erwies sich als unbefangenes und kesses Mädel, das sich bei jedermann beliebt zu machen verstand. Sie ließ sehr schnell erkennen, daß sie im Unterschied zu ihrer Vorgängerin nicht die Absicht hatte, sich auf den Ländereien bei Xalapa zu verstecken; sie zog die bunte, bewegte Atmosphäre der Hauptstadt vor; Festlichkeiten, Tanz, Flirts. Ältere Damen, die sie in den ersten Monaten nach der Heirat beobachteten, prophezeiten: »Die wird nicht lange mit einem einbeinigen Mann verheiratet bleiben, der alt genug ist, ihr Großvater zu sein. Sie wird ihn schleunigst verlassen, wenn's mal brenzlig wird, und das ist bei Santa Anna ja früher oder später immer der Fall.« Doch sie sollten sich irren.

Diese bezaubernde junge Frau, die mit fast jedem anderen Mann ihrer Wahl hätte durchbrennen können, erwies sich ihrem verblassenden Helden gegenüber als bewundernswert treu. Selbst als der letzte seiner hochfliegenden Träume längst geplatzt war und er in den Achtzigern stand, gebrechlich und fast erblindet, war sie immer noch an seiner Seite und teilte die schäbige, armselige Behausung in Mexiko City mit ihm, die Bascomb aufgesucht hatte. Zwar hörten Nachbarn Santa Anna und dessen Gattin hin und wieder streiten, aber sie blieb bis zum Tode bei ihrem Mann – sicherlich auch deshalb, weil Santa Anna die Gabe besaß, nahestehende Menschen an sich zu binden.

Doch es gab auch erhebliche Unterschiede zwischen Santa Anna und Houston. Der Mexikaner hatte immense Reichtümer angehäuft – und verloren. Sam Houston hingegen war nie ein reicher Mann gewesen. Santa Anna hatte zwei riesige Anwesen besessen; Houston zeitweise mit Mühe und

Not ein Dach über dem Kopf. Houston hatte sich duelliert, um seine Ehre zu verteidigen; Santa Anna faßte diesen Begriff auf seine ganz persönliche Weise weiter und dehnbarer.

Was ihre Einstellung zur Religion betraf, besaßen beide Männer die Fähigkeit, den Glauben praktischen, vernunftbestimmten Überlegungen zu opfern, wenngleich beide nach eigenem Bekunden gläubige Menschen waren und an ihren verschiedenen religiösen Bekenntnissen festhielten. Der Protestant Houston, dem jedoch die Zugehörigkeit zu seiner Kirche lange Zeit verweigert worden war und der bis ins fortgeschrittene Alter ungetauft blieb, konvertierte – allerdings nur der Form halber – für kurze Zeit zum Katholizismus, um sich auf diese Weise die Möglichkeit zu verschaffen, nach mexikanischem Recht Grundbesitz zu erwerben. Santa Anna, der Katholik, war nicht zuletzt deshalb zum Präsidenten ernannt worden, weil er sich dem Kampf liberaler Kräfte gegen die Privilegien der Kirche angeschlossen hatte. Als älterer Mann aber wurde er wieder zum fanatischen Verteidiger der althergebrachten kirchlichen Sonderrechte; wahrscheinlich mit dem Ziel, sich auf diese Weise finanzielle und politische Vorteile zu verschaffen. Als er den Rebellen in Tejas den Krieg erklären wollte und feststellen mußte, daß die Staatskasse leer war, wandte er sich alsbald der mexikanischen Kirche zu, deren Bischöfe ihm daraufhin riesige Summen für seinen Feldzug zur Verfügung stellten oder ihm die Gelder zumindest zinsfrei liehen.

Beide Männer nahmen auch hinsichtlich der Sklavenproblematik unterschiedliche Positionen ein, was man in gewisser Weise nicht hätte erwarten können. Houston – ein Mann, der stets für die Freiheit kämpfte – verteidigte andererseits das damals verbriefte Recht seiner amerikanischen Landsleute in Tejas, Sklaven zu halten. Santa Anna – ein Mann, der in Mexiko mehrfach die zaghaftesten Versuche fortschrittlich-liberaler Kräfte erstickte, der Bevölkerung größere politische Freiheiten zu bringen –, schloß sich mit ehrlicher Überzeugung der Haltung seiner Regierung an, die sich vehement gegen die Sklavenhaltung aussprach. In der Tat schien er stolz darauf zu sein, daß Mexiko im Jahre 1829 als erste Nation der Neuen Welt die Sklaverei völlig abgeschafft hatte; die Vereinigten Staaten brachten erst vierunddreißig Jahre später, 1863, den Mut dazu auf. Aus diesem Grunde ist es bedauerlich, daß einer der Vorwürfe, den die Amerikaner in Tejas gegen Santa Anna erhoben, denn auch lautete, daß er »nach Norden kommt, um uns die Sklaven wegzunehmen«. Das entsprach den Tatsachen. Mexiko hatte jahrhundertelang die grausame Behandlung der Indianer durch brutale spanische Sklavenhalter erlebt, und nach dem Ende der spanischen Herrschaft war die mexikanische Regierung entschlossen, die unmenschliche Versklavung der indianischen Bevölkerung nicht länger zu dulden. Natürlich war diese Bekundung nicht ganz frei von einem gewissen Zynismus, denn in ländlichen Gegenden sowie in den Minengebieten Mexikos blühte die Sklaverei noch immer im verborgenen, und sie dauerte bis ins zwanzigste Jahrhundert an.

Jedenfalls hatte Santa Anna tatsächlich die Absicht, dem Gesetz gegen die Sklaverei auch in Tejas Geltung zu verschaffen; er wurde von den Amerikanern nicht zuletzt deshalb verleumdet und beschimpft. Ihrer Meinung nach war sein eigentliches Ziel, die Weißen ihrer Freiheiten zu berauben, statt den Schwarzen die Freiheit zu bringen. Sie argumentierten vehement, Santa Anna erweise sich eben dadurch als Gegner der Freiheit des einzelnen, daß er ihnen die Sklaven rauben wolle; doch sie, die Texaner, seien bereit, für die Verteidigung dieser Freiheit zu kämpfen und zu sterben.

In diesem Zusammenhang stellt sich eine sehr interessante Frage: Wieviel wußten die beiden großen Gegenspieler überhaupt voneinander? Historiker können hier nur Vermutungen anstellen. Houston jedenfalls muß eine ganze Menge über Santa Annas Persönlichkeit und sein Verhalten sowohl auf politischer Bühne als auch auf dem Schlachtfeld gewußt haben; der Mexikaner war Präsident jenes Staates, in dem Houston einige Zeit gelebt hatte, und Santa Annas politische und militärische Aktivitäten sind damals weithin erörtert und analysiert worden. Was Santa Anna betrifft, so besteht durchaus die Möglichkeit, daß er lange Zeit nicht einmal von Sam Houstons Existenz gewußt hat. Vielleicht war ihm Houstons Name nur als einer aus jener Gruppe amerikanischer Störenfriede begegnet, die über die Grenze nach Tejas gekommen waren: Jim Bowie, Davy Crockett, William Travis, James Fannin, Sam Houston; jene Männer, die Santa Anna allesamt bestrafen lassen wollte ... durch Erschießungskommandos oder den Galgen.

Um auf die Ähnlichkeiten zurückzukommen: Es ist amüsant zu beobachten, daß sowohl Santa Anna als auch Houston schmuckvolle oder zumindest ungewöhnliche Kleidung liebten. Santa Anna schwärmte für sündhaft teure Uniformen, reich verziert mit Orden und Goldbesatz; auch Sam Houston konnte sich nur schwer dazu durchringen, sich normal zu kleiden. Zur unpassendsten Zeit und am unpassendsten Ort, wie bei seinem Treffen im Weißen Haus, zum Beispiel, erschien er in voller indianischer Montur. Wenn vornehme Besucher wie der Franzose de Tocqueville ihn trafen, mochte er durchaus fast unbekleidet vor sie treten; unrasiert, das Haar ungekämmt, übelriechend, schmutzig. Bei anderen Gelegenheiten zeigte er sich solchen Besuchern in prächtige Felle gekleidet; dazu trug er große dekorative Ringe aus Metall um den Hals sowie einen riesigen Knüttel aus Eichenholz in der Linken. Als er gebeten wurde, in seiner Funktion als Gouverneur von Tennessee Porträt zu sitzen, erschien er nackt bis auf eine Toga nach römischem Vorbild, die er sich lässig über die Schultern geworfen hatte, und so wurde er auch gemalt.

Ernüchternd dagegen die Unterschiede: In seiner politischen und militärischen Laufbahn erlebte Sam Houston fast ausschließlich Erfolge, erreichte fast all seine Ziele. Als junger Mann war er ein verantwortungsbewußter Kongreßabgeordneter in Washington und anschließend ein dynamischer Gouverneur Tennessees gewesen. Später spielte er bei der Errichtung und Festigung des unabhängigen Texas eine entscheidende Rolle, leistete als erster Präsident dieses Staates hervorragende Arbeit und war wesentlich daran beteiligt, Texas in die Vereinigten Staaten einzufügen; anschließend diente er als tüchtiger Senator in Washington. Selbst in den finstersten Tagen des Bürgerkrieges, als er aus dem Amt des texanischen Gouverneurs vertrieben wurde, da er sich geweigert hatte, für die Konföderation zu kämpfen, traf er eine kluge, vernunftbestimmte Entscheidung, denn er wußte, daß der Norden den Krieg nicht verlieren konnte. Er war ein starrköpfiger Mensch, der überzeugt war, sich durchsetzen zu müssen, wenn er seine eigenen Wege ging und seine oft ungewöhnlichen Entschlüsse faßte. Welches Amt er auch innehatte, welche Verantwortung man ihm auch übertrug, welche Ziele er sich auch setzte – was er in die Hand nahm, formte er zu etwas Besserem.

Als Soldat feierte auch General Santa Anna auf dem Höhepunkt seiner Karriere derart große Erfolge, daß es so albern gar nicht war, ihn mit seinem selbstgewählten Titel zu beehren: Napoleon des Westens. Doch in seinen beiden wichtigsten Schlachten, 1836 bei San Jacinto und zehn Jahre später im Krieg mit den Vereinigten Staaten, erlitt er katastrophale Niederlagen, die in hohem Maße auf seine fehlerhafte Strategie und mangelnde Feldherrnkunst zurückzuführen waren. Auf politischer Ebene hätte er als Präsident, zumal aufgrund seiner diktatorischen Vollmachten, Mexikos Entwicklung hin zu einem fortschrittlichen demokratischen Staat einleiten können. Da es ihm aber völlig an echtem Demokratieverständnis mangelte wie auch an festen politischen Grundsätzen und deutlich umrissenen Zielen, trudelte er wie ein Kreisel, der zunehmend an Schwung verliert. Die schlimmsten Schäden fügte er seinem Land dadurch zu, daß er nie an Entscheidungen festzuhalten vermochte, nie seinen eigenen Versprechen treu bleiben konnte. Wegen seiner beinahe stümperhaften, sprunghaften und weitgehend persönlichen Interessen untergeordneten Staatsführung ging es

Mexiko nach seinem Abtritt von der politischen Bühne sehr viel schlechter als in den Jahren, da er das Ruder in die Hand genommen hatte.

Und schließlich der grundlegende Unterschied: Sam Houston mehrte die Würde und Bedeutung all seiner politischen Ämter: als Kongreßmitglied, Senator, Gouverneur und texanischer Präsident. Seine Prinzipientreue und seine untadelige Haltung auf politischer Bühne trugen dazu bei, den einzigartigen, ja legendären Ruf zu schaffen, den Texas sich unter den Staaten der Union erwarb, und noch heute hat Houston in den Herzen der Texaner einen ehrenvollen Platz. Santa Anna hingegen mißbrauchte das Präsidentenamt, um seinen Ehrgeiz und seine Habgier zu befriedigen; er spazierte in dieses Amt hinein und wieder hinaus, ganz wie es seiner Eitelkeit gefiel. Er gab die Präsidentschaft Mexikos, ein so verantwortungsvolles und ehrenvolles Amt, der Lächerlichkeit preis, minderte es fast bis zur Bedeutungslosigkeit herab und hinterließ es geschwächt und diskreditiert seinen Nachfolgern. Und noch heute können die Mexikaner ihm nicht verzeihen, daß er derjenige gewesen ist, der die Verantwortung dafür trägt, daß Mexiko riesige Territorien an die Vereinigten Staaten abtreten mußte: Texas, New Mexico, Arizona, das südliche Kalifornien und sogar Gebiete nördlich dieser heute blühenden amerikanischen Bundesstaaten. Als Politiker war er nicht nur ein Versager, sondern, schlimmer noch, eine Schande. Aus diesem Grunde gibt es im heutigen Mexiko kein großes nationales Denkmal zu Ehren Santa Annas, obwohl er die beherrschende Gestalt seiner Epoche gewesen ist. Die Mexikaner versuchen ihn zu vergessen.

Adler und Rabe! Sie waren außergewöhnliche Männer, die in ihrem langen Leben außergewöhnliche Wege beschritten und Außergewöhnliches geleistet haben. Wenngleich sie sich in vielen Belangen ähnelten – ein bildhafter Vergleich mag den wesentlichen Unterschied noch einmal verdeutlichen: Houston war wie eine knorrige Eiche; ein mannhafter Charakter, mutig, standfest und immer jenen Grundsätzen verhaftet, nach denen er erzogen worden war und die er im Laufe seiner stürmischen Karriere gefestigt hatte. Santa Anna war wie eine biegsame Weide; ein Opportunist, der seine Fahne im Wind zu drehen verstand; ein eleganter und wagemutiger Mann, der aber niemals irgendwelchen Prinzipien die Treue hielt, nicht einmal denen, die er sich selbst vorgegeben hatte. Ein Staatsmann mag eine Reihe spektakulärer, vorübergehender Erfolge erringen, doch wenn sein Charakter nicht im Feuer der Rechtschaffenheit geschmiedet und sein Tun nicht im Schmelztiegel der Lauterkeit geformt wurden, wird die Geschichte ihm das Siegel der Größe verweigern.

ANMERKUNGEN

(1) Eine hervorragende Wissenschaftlerin hat erst kürzlich geäußert: »Meine Vermutung geht dahin, daß die Wendung ›Tortillas backen‹ ein im neunzehnten Jahrhundert bei siegreichen Soldaten gebräuchlicher Euphemismus für Vergewaltigung war.«

(2) Während eines Jagdausfluges in Florida im Jahre 1982 teilte ich meine Unterkunft mit einem direkten Nachfahren der Familie Eliza Allens. Diese Person vertraute mir folgende Geschichte an: »Eines Morgens, als mein Vater sich rasierte, sagte er mir: ›Es gibt da eine Sache über Houston und unsere Ahnherrin Eliza, von der du wissen mußt. In unserer Familie ist es seit langer Zeit vom Vater an den Sohn weitergegeben worden. Ein Arzt, der mit der Geschichte zu tun hatte, hat uns den wirklichen Grund genannt, warum General Houston und Eliza sich getrennt haben. Houston hatte eine sehr häßliche, schwärende Wunde an der rechten Schulter, die einfach nicht verheilen wollte. In einer der Schlachten unter General Jackson hatte ihn dort eine indianische Kugel getroffen. Außerdem war er ein riesiger, grober, brutaler Kerl, und Eliza war eine hübsche kleine Südstaatenschönheit, halb so alt wie Houston. Sie wurde mit ihm und seiner ungeschlachten Art ein-

fach nicht fertig. Und er sagte ihr, wenn ihr danach sei, könne sie verschwinden.‹«

(3) Rein rechnerisch betrachtet, trat er elfmal das Amt des Präsidenten an, sofern man seine vielen vorübergehenden, selbstauferlegten Rücktritte in der Weise betrachtet, daß sie einen personellen Wechsel im Amt des Staatsoberhauptes zur Folge hatten. Offiziell wurde Santa Anna fünfmal zum Präsidenten gewählt.

(4) Der siebzehnte Präsident, Andrew Johnson (1865–1869), kehrte 1875, nachdem er eine Anklage wegen Amtsmißbrauchs politisch überlebt hatte, in den Senat zurück, dem er schon vor seiner Präsidentschaft (1857–1862) angehört hatte.

(5) Hartnäckige Gerüchte besagen, daß der Grund für Santa Annas ›Siesta‹ möglicherweise die schöne Mulattin Emily Morton gewesen ist, die in der Geschichte des Staates Texas und in dem Lied ›Yellow Rose of Texas‹ Unsterblichkeit erlangt hat. Es wird jedoch vielfach bezweifelt, daß sie bei der Schlacht von San Jacinto eine derartige Rolle spielte.

(6) Bei diesem lächerlichen kleinen ›Tortenkrieg‹ von 1838 wurden von den Franzosen Forderungen in Höhe von 600 000 Pesos erhoben, die sich natürlich auf andere Ansprüche gründeten als auf Schadenersatz für das Inventar einer Konditorei.

(7) 1866 erschien Sewards Plan den politisch Verantwortlichen unpraktisch und wurde nicht verwirklicht. Enttäuscht kaufte er statt dessen im

Jahre 1867 Alaska für 7,2 Millionen Dollar. Die Jungferninseln wurden erst 1917, zweiundfünfzig Jahre später, für die Summe von 25 Millionen Dollar von den Vereinigten Staaten erworben.

CHRONOLOGIE

SANTA ANNA		SAM HOUSTON
	1793	Geburt
Geburt	1794	
Kavallerieoffizier	1812	Eröffnet seine Schule
Schlacht von Medina	1813	Tritt der Armee bei
	1823	Mitglied des Repräsentantenhauses
Zieht sich nach Manga de Clavo zurück	1827	Gouverneur von Tennessee
Tampico	1829	Erste Heirat und Trennung
Erste Präsidentschaft	1833	Konstitutionelle Versammlung in Texas
Plünderung und Vernichtung von Zacatecas	1835	
Feldzüge in Texas	1836	Oberbefehlshaber der texikanischen Armee
SAN JACINTO	1836	SAN JACINTO
Reise nach Washington	1836	Erster Präsident von Texas
Verlust des Beines im ›Tortenkrieg‹	1838	
Zweite Präsidentschaft	1839	

	1840	Zweite Heirat
Dritte Präsidentschaft	1841	Zweite Präsidentschaft von Texas; dritter Präsident
›Beisetzung‹ des Beines	1842	
Zweite Heirat	1844	Setzt sich für den Beitritt Texas' zu den Vereinigten Staaten ein
Lebenslange Verbannung nach Kuba	1845	Texas wird Staat der Union
Vierte Präsidentschaft/ Krieg mit den USA	1846	Senator in Washington
Lebenslange Verbannung nach Jamaica	1848	
Fünfte Präsidentschaft/ Diktator	1853	
Lebenslange Verbannung nach Kolumbien	1855	Vorsitzender des Senats
Verbannung auf die Jungferninseln	1859	Gouverneur von Texas
	1861	Absetzung als Gouverneur
Kaiser Maximilian	1863	Tod
Rückkehr nach Mexiko/ Verbannung	1864	
Sewards Besuch	1866	
Verbannung nach Nassau	1867	
Rückkehr nach Mexiko	1874	
Tod	1876	

HINZUGEZOGENE LITERATUR

Aus der Vielzahl von Arbeiten, die ich zur Vorbereitung auf diesen Essay gelesen habe, möchte ich die folgenden hervorheben, da sie gut geschrieben und interessant sind:

Calcott, Wilfrid H.: *Santa Anna: The Story of an Enigma Who Once Was Mexico*. 1936.

Casteñeda, Carlos E. (Hrsg.): *The Mexican Side of the Texas Revolution*. 1967.

Crawford, Ann Fears (Hrsg.): *The Eagle: The Autobiography of Santa Anna*. 1954.

Friend, Llerena: *Sam Houston: The Great Designer*. 1954.

James, Marquis: *The Raven: A Biography of Sam Houston*. 1929.

Lord, Walter: *A Time to Stand*. 1961.

Tinkle, Lon: *Thirteen Days to Glory*. 1958.

Tolbert, Frank X.: *The Day of San Jacinto*. 1959.

Webb, Walter Prescott, u.a.: *The Handbook of Texas*. Bd. I-II, 1952; Bd. III, 1976.

Folgende Bände, die eng mit dem Thema in Verbindung stehen, sind erst kürzlich erschienen oder noch in Vorbereitung:

Long, Jeff: *Duel of Eagles: The Mexican and U.S. Fight for the Alamo*. 1990.

Crook, Elizabeth: *Raven's Bride*. 1991.

Von Marshall De Bruhl erscheint 1992 eine noch unbetitelte Biographie über Sam Houston.